小写五种

比竹小品

止庵 著

山东画报出版社

图书在版编目（CIP）数据

比竹小品 / 止庵著.--济南：山东画报出版社，2022.4
（小写五种）
ISBN 978-7-5474-4168-8

Ⅰ.①比… Ⅱ.①止… Ⅲ.①随笔－作品集－中国－当代
Ⅳ.①I267.1

中国版本图书馆CIP数据核字(2022)第041259号

BIZHU XIAOPIN
比竹小品
止庵 著

责任编辑 怀志霄
封面设计 Pallaksch

出 版 人 李文波
主管单位 山东出版传媒股份有限公司
出版发行 山东画报出版社
　　　　　社　　址　济南市市中区舜耕路517号　邮编 250003
　　　　　电　　话　总编室（0531）82098472
　　　　　　　　　　市场部（0531）82098479　82098476（传真）
　　　　　网　　址　http://www.hbcbs.com.cn
　　　　　电子信箱　hbcb@sdpress.com.cn
印　　刷 山东临沂新华印刷物流集团有限责任公司
规　　格 787毫米×1092毫米　1/32
　　　　　7印张　99千字
版　　次 2022年4月第1版
印　　次 2022年4月第1次印刷
书　　号 ISBN 978-7-5474-4168-8
定　　价 62.00元

如有印装质量问题，请与出版社总编室联系更换。

序

　　《庄子·齐物论》云，南郭子綦"隐机而坐，仰天而嘘，苔焉似丧其耦"，颜成子游看出"今之隐机者，非昔之隐机者也"，子綦答以"今者吾丧我，汝知之乎"，又说："汝闻人籁而未闻地籁，汝闻地籁而未闻天籁夫。"子游曰："地籁则众窍是已，人籁则比竹是已。敢问天籁。"子綦曰："夫吹万不同，而使其自己也，咸其自取，怒者其谁邪。"

　　"人籁"不如"地籁"，时下倡导"返归自然"者亦如是说；"地籁"不如"天籁"，大概只有庄生才有这般见识。无论"人籁""地籁"，皆系人家借声；自然而然，方为"天籁"。赵德《四书笺义》："就己而言则曰吾，因人而言则曰我。"我之于吾,乃是外来影响,犹风之于窍穴,人之于萧管也。"吾丧我",即"使其自己";说真正属于自家的话,就是"天籁"。然此事"非知之艰,行之惟艰",我作文多年,自愧仍是"比竹"耳。

二〇一〇年八月三日

目录

"周启明颇昏……"考 / 1

鲁迅的另一面 / 7

鲁迅与朱安 / 12

鲁迅杂文集的编法与说法 / 20

鲁迅的合作作品 / 38

鲁迅遗著的出版 / 49

《鲁迅著译编年全集》答问 / 64

关于鲁迅翻译的研究 / 79

关于苦雨斋 / 85

《周作人散文全集》琐谈 / 100

"周作人传统"与文载道 / 110

我怎样写《周作人传》/ 119

胡张初识考 / 131

张佩纶的遗产 / 141

再谈《小团圆》/ 145

张爱玲文话 / 157

《异乡记》杂谈 / 164

《重访边城》原稿校读记 / 170

由舒芜之死而想到的 / 178

《上水船集》编后记 / 183

"六言诗案"及其他 / 187

谈丐辞 / 193

《老八舍往事》跟帖 / 196

话说"书之书"/ 201

也谈毛边书 / 206

阅读的乐趣 / 211

后记 / 215

"周启明颇昏……"考

周建人在《鲁迅和周作人》（一九八三年十一月《新文学史料》第四期）中说：

"鲁迅没有讲过周作人的不好，只是对周作人有一个字的评价，那便是'昏'。有几次对我摇头叹气，说：'启孟真昏！'他在给许广平的信（一九三二年十一月二十日）中，也说：'周启明颇昏，不知外事……'"

这番话常被人引用，乃至据以立论。然而鲁迅致许广平此信尚有后文，即周建人以"……"替代者："废名是他荐为大学讲师的，所以无怪攻击我，狗能不为其主人吠乎？""外事"与"废名"之间用逗号，本是一句整话。

《鲁迅全集》于信中"废名"下有注释:"冯文炳的笔名。参看300524信注〔2〕。""300524信"是致章廷谦的,有云:"《骆驼草》已见过,丁武当系丙文无疑,但那一篇短评,实在晦涩不过。""注〔2〕"系于"丙文"下:"指冯文炳(1901—1967),笔名废名,湖北黄梅人,作家。那一篇短评,即《中国自由运动大同盟宣言》,载《骆驼草》周刊第一期(一九三〇年五月十二日),署名丁武。"如此,则鲁迅一九三二年十一月二十日致许广平信,乃是重提两年多前的旧事了。

实际上鲁迅另有所指,虽然对象仍是废名。一九三二年十月三十一日鲁迅日记云:"上午托广平往开明书店豫定插图本《中国文学史》一部,先取第二本,付与五元,又买杂书二本,一元五角。"复查鲁迅当年书账,此二书一为《周作人散文钞》,一为周作人著《看云集》。《周作人散文钞》(开明书店一九三二年八月出版)有废名序,其中说:

"说到这里我不禁想起鲁迅先生,鲁迅先生与岂明先生重要的不同之点,我以为也正就在一个历史的态度。鲁迅先生有他的明智,但还是感情的成分多,有时还流于意气，好比他曾极端的痛恨'东方文明'，甚致于叫人不要读中国书，即此一点已不免是中国人的脾气，他未曾整个的去观察文明，他对于西方的希腊似鲜有所得，同时对于中国古代思想家也缺少理解，其与提倡东方文化者固同为理想派。岂明先生讲欧洲文明必溯到希腊去，对于希伯来，日本，印度，中国的儒家与老庄，都能以艺术的态度去理解它，其融汇贯通之处见于文章，明智的读者谅必多所会心。鲁迅先生因为感情的成分多，所以在攻击礼教方面写了《狂人日记》，近于诗人的抒情；岂明先生的提倡净观，结果自然的归于社会人类学的探讨而沉默。鲁迅先生的小说差不多都是目及辛亥革命因而对于民族深有所感，干脆的说他是不相信群众的，结果却好像与群众为一伙，我有一位朋友曾经说道，'鲁迅他本来是一个 cynic，结果何以归入多数党呢？'这句戏言，却很耐人寻思。这个原因我以为就是感情最能障蔽真理。而诚实又唯有知识。"

鲁迅十一月二十日信中所谓"攻击"，即指此也。废名贬鲁迅而褒周作人，又一向得到后者扶助，故曰"狗能不为其主人吠乎"。"周启明颇昏，不知外事"云云，有其具体语境，并非泛泛而论。

曾有论者考证唐弢回忆鲁迅的《琐忆》不无虚构之处，进而提出"关于鲁迅的回忆录必须清理"。《琐忆》忆及鲁迅与青年们的谈话，与鲁迅所写《黄祸》《忆刘半农君》《说"面子"》和《奇怪》中的文字"竟惊人的一致"。此类回忆，最难辨别真假。周建人说："鲁迅没有讲过周作人的不好，只是对周作人有一个字的评价，那便是'昏'。有几次对我摇头叹气，说：'启孟真昏！'"未必是由"他在给许广平的信（一九三二年十一月二十日）中，也说：'周启明颇昏，不知外事……'"演义而成，但至少没有讲明鲁迅是在何等情况下发此议论。忽略语境，特殊判断就会被看作一般判断。

一九三六年十月二十五日即鲁迅逝世后六日，周建人致信周作人说：

"惟他于前数天病中讲到关于你的话，追述于下：

"有一天说看到一日本记者（？）登一篇他的谈话，内有'我的兄弟是猪'一语，其实并没有说这话，不知记者如何记错的云云。

"又说到关于救国宣言这一类的事情，谓连钱玄同、顾颉刚一班人都具名，而找不到你的名字，他的意见，以为遇到此等重大题目时，亦不可过于退后云云。

"有一回说及你曾送×××之子赴日之事，他谓此时别人并不肯管，而你却偓护他，可见是有同情的，但有些作者，批评过于苛刻，责难过甚，反使人陷于消极，他亦极不赞成此种过甚的责难云。又谓你的意见，比之于俞平伯等甚高明［他好像又引你讲文天祥（？）的一段文章为例］，有许多地方，革命青年也大可采用，有些人把他一笔抹煞，也是不应该的云云。但对于你前次趁（赴）日时有一次对日本作家关于他的谈话则不以为然。总起来说，他离开北平之后，他对于你并没有什么坏的批评，偶然想起，便说明几句。"

相比之下，这比同一回忆者多年之后——周作人已被"钉在历史的耻辱柱上"，鲁迅致许广平信亦已揭载——的说法或更可靠。顺便对此信稍作解释：一，"救国宣言"，指一九三六年十月徐炳昶、顾颉刚、钱玄同等联名发表的《教授界对时局意见书》；二，"送×××之子赴日"，指李大钊牺牲后，周作人保护烈士遗孤李葆华，并将其送往日本留学；三，"讲文天祥（？）的一段文章"，或指周作人作《关于英雄崇拜》（一九三五年四月二十一日《华北日报·每日文艺》，收《苦茶随笔》），其中说："文天祥等人的唯一好处是有气节，国亡了肯死。这是一件很可佩服的事，我们对于他应当表示钦敬，但是这个我们不必去学他，也不能算是我们的模范。第一，要学他必须国先亡了，否则怎么死得像呢？我们要有气节，须得平时使用才好，若是必以亡国时为期，那未免牺牲得太大了。第二，这种死于国家社会别无益处。我们的目的在于保存国家，不做这个工作而等候国亡了去死，就是死了许多文天祥也何补于事呢。我不希望中国再出文天祥，自然这并不是说还是出张弘范或吴三桂好，乃是希望中国另外出些人才，是积极的，成功的，而不是消极的，失败的，以一死了事的英雄。"四，"前次趁（赴）日时有一次对日本作家关于他的谈话"，或指井上红梅《采访周作人》（一九三四年九月《文艺》第二卷第九号）中所载："家兄加入左翼作家联盟之后，在文学理论研究方面下了很大功夫，但创作方面基本上没有拿出什么东西。"

二〇〇九年八月十六日

鲁迅的另一面

鲁迅逝世二十周年时,周作人写过一篇《鲁迅的笑》,有云:"鲁迅最是一个敌我分明的人,他对于敌人丝毫不留情,如果是要咬人的叭儿狗,就是落了水,他也还是不客气的要打。他的文学工作差不多一直是战斗,自小说以至一切杂文,所以他在这些上面表现出来的,全是他的战斗的愤怒相,有如佛教上所显现的降魔的佛像,形象是严厉可畏的。但是他对于友人另有一副和善的相貌,正如盾的向里的一面,这与向外的蒙着犀兕皮的不相同,可能是为了便于使用,贴上一层古代天鹅绒的里子的。他的战斗是自有目的的,这并非单纯的为杀敌而杀敌,实在乃是为了要救护亲人,援助友人,所以那么的奋斗,变相降魔的佛回过头来对众生的时候,原是一副十分和气的金面。"但时至今日,人们往往只记住鲁迅的"严厉可畏"和"战斗的愤怒相"了,又并非因为读了他"自小说以至一切杂文"得此印象,反倒是一知半解,或道听途说。

周作人又说:"大凡与他生前相识的友人,在学校里听过讲的学生,和他共同工作,做过文艺运动的人,我想都会体会到他的和善的一面,多少有过些经验。"这在鲁迅的友人、学生和同事写的回忆录里有所展现,较早问世者如郁达夫的《回忆鲁迅》、萧红的《回忆鲁迅先生》等,所描绘的鲁迅形象都很亲切。后来的回忆之作就多刻意强调鲁迅"盾的向外的一面",甚至弄得有点真假难辨了。

鲁迅还有不少书信传世,藉此亦可体会他"另有一副和善的相貌",而且不仅限于对待友人。且举个例子。鲁迅一九三六年二月十九日日记云:"午后得夏传经信,即复。"夏传经是南京盛记布店的店员,鲁迅与之素不相识。据夏氏后来告诉许广平,"这信的内容,是问先生《竖琴》的前记和《野草》的序诗,怎么在最近出版的原书里没有了,以及怎样研究文学,并说了一些我读《伪自由书》的感想,说是,我简直不拿它(《伪自由书》)当文学

书看了,这是一本很好的预言书。又抄了些我读过的先生的著译,问先生还有什么书未读到的,请先生告诉我"。鲁迅回信说:

"《竖琴》的前记,是被官办的检查处删去的,去年上海有这么一个机关,专司秘密压迫言论,出版之书,无不遭其暗中残杀,直到杜重远的《新生》事件,被日本所指摘,这才暗暗撤消。《野草》的序文,想亦如此,我曾向书店说过几次,终于不补。

"《高尔基文集》非我所译,系书店乱登广告,此书不久当有好译本出版,颇可观。《艺术论》等久不印,无从购买。我所译著的书,别纸录上,凡编译的,惟《引玉集》,《小约翰》,《死魂灵》三种尚佳,别的皆较旧,失了时效,或不足观,其实是不必看的。

"关于研究文学的事,真是头绪纷繁,无从说起;外国文却非精通不可,至少一国,英法德日都可,俄更好。这并不难,青年记性好,日记生字数个,常常看书,不要间断,积四五年,一定能到看书的程度的。

"经历一多,便能从前因而知后果,我的预测时时有验,只不过由此一端,但近来文网日益,虽有所感,也不能和读者相见了。"

"别纸"所列书目，计"作"五种，"编"三种，"译"十六种——据夏传经说，"这上面的书，都是我那时不曾读过的。"——鲁迅多有自我评价，如《壁下译丛》《思想·山水·人物》曰"已旧"，《近代美术史潮论》曰"太专"，《爱罗先珂童话集》曰"浅"，《桃色的云》《俄罗斯的童话》《十月》曰"尚可"，《小约翰》《死魂灵》曰"好"。有些绝版或被禁止的，也都一一注明。作者对待一位普通读者，大概至此已尽人事。然而五天后，鲁迅日记云："寄夏传经信并书四本。"信中说：

"顷偶翻书箱，见有三种存书，为先生所缺，因系自著，毫无用处，不过以饱蟬蠹，又《竖琴》近出第四版，以文网稍疏，书店已将序文补入，送来一册，自亦无用，已于上午托书店寄上，谨以奉赠。此在我皆无用之物，毫无所损，务乞勿将书款寄下，至祷至祷。"

夏传经先收到鲁迅的信，"这封来信，真使我喜出望外，因为先生赠了我这么许多书。于是我便注意着邮差：一次一次地过去了，却总不见寄书来！这时我的心里真难过极了，又不知道先生是送我几本什么书，又怕被邮局扣留（这倒非心多过虑，我买的书，的确有很多被他们扣去了）！在这种心情下，熬过了一夜，在第二天的中午才收到书，赶忙拆开一看，才知是《竖琴》《准风月谈》《南腔北调集》《坟》和两本《海燕》"。从前我谈到竹林七贤，说他们放浪形骸，傲视天下，大都是针对官僚和趋炎附势的文人的，并非在普通人面前自视高人一等。鲁迅也有这种"魏晋风度"。鲁迅的确是一个充满恨，而且从不掩饰自己的恨的人，但他只恨两类人，一是庸众，一是伪先知，前者浑浑噩噩，后者装神弄鬼；除此之外，他待人很好，热情、诚恳、认真、周到。

没过几个月鲁迅就去世了。夏传经给许广平写信说："这里，我还附带着一个请求：假如有鲁迅先生的生前照片的话，我想请夫人给我一二张，使我好留作一个纪念。但，假如没有，那就只得算了。如果有关于鲁迅死后的照片见赠一二张，我也同样地欢迎和感谢！但如果连这也没有，那么，即使是先生的只字片纸或者极不值钱的遗物给我一些，我也是非常感谢的！"我很能体会这样一位读者的心情。

二〇〇九年九月十七日

鲁迅与朱安

朱安去世前一日,对前来探访的南京《新民报》记者说:"周先生对我并不算坏,彼此间并没有争吵,各有各的人生,我应该原谅他。"这是朱安一生中唯一一次公开谈论她与鲁迅的关系。这一关系,前后可以分成五期:

一九〇六年夏秋间鲁迅奉母命与朱安完婚,至一九一九年十二月二十九日朱安随周氏家族迁入北京八道湾十一号,为第一期。十三年中,婚后四日即重赴日本的鲁迅,后来只在一九〇九年八月至九月和一九一〇年七月至一九一二年二月在绍兴家中居住。

周氏阖家迁入八道湾,至一九二三年八月二日鲁迅"携妇迁居砖塔胡同六十一号",为第二期。荆有麟四十年代初所著《鲁迅回忆断片》说:"一九一九年,先生三十九岁时,因在北平买了西直门公用库八道湾的房屋,始将家眷接京。但在北平所表现的,却完全是分居,夫妻各住一间房,因家庭人口多(当时先生之二弟三弟皆住在一块),先生算比较活跃些。"

鲁、朱迁居砖塔胡同,至一九二六年八月二十六日鲁迅离京南下,为第三期。八道湾是较大的宅子,二人分住前中两院,无须朝夕相对。及至周氏兄弟失和,鲁迅夫妇搬到砖塔胡同,住处逼仄;一九二四年五月二十五日"移居西三条胡同新屋",也不宽敞,这段时间才如荆有麟所说:"那家庭,可就太怕人了。"据他介绍:"鲁迅常年四季,除例话外,又不大与太太谈天。据他家老妈讲:'大先生与太太每天只有三句话,早晨太太喊先生起来,先生答应一声"哼",太太喊先生吃饭,先生又是"哼",晚上先生睡觉迟,太太睡觉早,太太总要问:门关不关?这时节,先生才有一句简单话:"关",或者"不关"。要不,是太太向先生要家用钱,先生才会讲着较多的话,如"要多少"?或者再顺便问一下,什么东西添买不添买?但这种较长的话,一月之中,不过一两次。'"朱安说:"老太太嫌我没有儿子,大先生终年不同我讲话,怎么会生儿子呢?"鲁迅则说,Wife,多年中,也仅仅一两次。

鲁迅南下,至一九二七年十月八日他与许广平开始同居生活,为第四期。其间鲁、朱不曾见面。

鲁迅与许广平同居,至一九三六年十月十九日鲁迅逝世,为第五期。鲁迅曾于一九二九年五月十五日至六月三日,一九三二年十一月十三日至三十日回京探亲,住在西三条,情形当与第三期相同。

然而若对照着看鲁迅的创作史,却颇有意思。以鲁迅在《〈自选集〉自序》中自许"可以勉强称为创作的,在我至今只有这五种"——《呐喊》《彷徨》《故事新编》《朝花夕拾》《野草》——而论,则《呐喊》前五篇,作于第一期;《呐喊》后十篇(其中《不周山》后抽出,改名《补天》,收《故事新编》),作于第二期;第三期,作《彷徨》全部、《野草》(除《题辞》外)和《朝花夕拾》前五篇;第四期,作《朝花夕拾》后五篇、《故事新编》两篇;第五期,作《故事新编》五篇。如此算来,鲁迅大约一半的创作完成于荆氏所谓"太怕人了"的三年里。

这段时间，鲁迅还写了《坟》之大部（从《宋民间之所谓小说及其后来》起共十七篇）、《华盖集》全部和《华盖集续编》之大部（除《上海通信》及《华盖集续编的续编》六篇外），翻译了厨川白村的《苦闷的象征》《出了象牙之塔》和望·蔼覃的《小约翰》（初稿），整理出版了《中国小说史略》下卷和《小说旧闻钞》，重新校订了《嵇康集》。这说得上是思想家、作家和学者鲁迅毕生最辉煌的时期。

荆有麟是最早将鲁迅的创作与鲁迅的生活——尤其是与朱安的关系——联系起来的论者，他说："倘若家庭能影响一个人的思想同行动的话，那鲁迅先生在北平时，无论是写小说，散文，短评，论文，着重在对旧社会攻击者，那他当时的婚姻同家庭，不能说毫无关系吧？而以后在上海，——尤其是临死前数年，对于青年之指示方向，对于社会之开辟新路，谁又能说，与那有前进思想，又能诚恳工作的许广平，毫无关系呢？而先生本身，在绝望的家中同在有希望的家中的生活，那意义，也就不很相同吧？"针对自己的创作，鲁迅在《〈自选集〉自序》中说，"此后就一无所作，'空空如也'。"他只在一九三四年八月写了《非攻》,一九三五年十一二月间写了《理水》《采薇》《出关》《起死》,均非精彩之作,《〈故事新编〉序言》中"速写居多"的自我批评,即针对这成于"有希望的家中"的几篇而言。而同为小说创作,他对在"绝望的家中"写出的《彷徨》感觉要好得多,认为"脱离了外国作家的影响,技巧稍为圆熟,刻划也稍加深切"(《〈中国新文学大系〉小说二集序》);在《〈自选集〉自序》中则自许"思路也似乎较无拘束"。

荆有麟感叹:"鲁迅先生笔下,无论是论文,是杂感,或者散文与小说,很少写到恋爱同温暖的家庭。在《野草》上虽有《我的失恋》,在《彷徨》上虽有《幸福的家庭》,但那'恋'与'家',是充满了怎样失望与狼狈的气氛,便不难想象鲁迅先生的婚姻同家庭生活了。"不妨反过来讲,因为鲁迅有着这样的"婚姻同家庭生活",所以他笔下的"'恋'与'家',是充满了怎样失望与狼狈的气氛"。正如荆有麟所说:"因为鲁迅先生对于家庭——其实是对整个旧社会——的悲苦,在先生思想上,增加了不少的凄惶成分。"

近读乔丽华著《我也是鲁迅的遗物——朱安传》一

书，作者引用了鲁迅《寡妇主义》中的话："至于因为不得已而过着独身生活者，则无论男女，精神上常不免发生变化，有着执拗猜疑阴险的性质者居多。欧洲中世的教士，日本维新前的御殿女中（女内侍），中国历代的宦官，那冷酷险狠，都超出常人许多倍。别的独身者也一样，生活既不合自然，心状也就大变，觉得世事都无味，人物都可憎，看见有些天真欢乐的人，便生恨恶。"继而指出："鲁迅对独身者的变态心理看得这么透，人们不由联想到他自身，因为他的生活也等同于独身。"

由此再深入一步，就是周作人在《关于鲁迅》中说的："鲁迅写小说散文又有一特点，为别人所不能及者，即对于中国民族的深刻的观察。大约现代文人中对于中国民族抱着那样一片黑暗的悲观的难得有第二个人吧。……在书本里得来的知识上面，又加上亲自从社会里得来的经验，结果便造成一种只有苦痛与黑暗的人生观，让他无条件（除艺术的感觉外）的发现出来，就是那些作品。"鲁迅"亲自从社会里得来的经验"，应该包括他与朱安的关系在内。

某种意义上讲，朱安之于鲁迅，与卡夫卡的父亲之于卡夫卡,或者西伯利亚监狱之于陀思妥耶夫斯基的作用相仿佛。陀思妥耶夫斯基写过《死屋手记》,卡夫卡写过《致父亲的信》《判决》,鲁迅则对朱安的存在以及自己与朱安的关系讳莫如深,他留下的日记中,一共只提过两次"妇";文章和书信中,"贱内""内子""太太""大太太"之类字样也不多见。没有死刑判决与长期苦役,无以成就陀思妥耶夫斯基;没有父亲的专横狂暴,无以成就卡夫卡;鲁迅对朱安的极端冷漠,对他自己无疑也是精神上的折磨,这在他那里同样升华为创作热情。正因为由此"造成一种只有苦痛与黑暗的人生观,让他无条件(除艺术的感觉外)的发现出来",鲁迅笔下之深刻,才为其同时代作家和之后的绝大多数作家"所不能及"。尽管这是巨大而长期的牺牲所换来的结果。而朱安终其一生,只是做了牺牲。

附记

朱安病笃,请人代笔致信许广平说:"自想若不能好,亦不欲住医院,身后所用寿材须好,亦无须在北平长留,至上海须与大先生合葬。"乔传云,"这封信也可视为朱安的遗书"。至其临终前,复托宋琳向许广平转达"灵柩拟回南葬在大先生之旁"之意。然此遗愿并未实现。

二〇一〇年二月五日

鲁迅杂文集的编法与说法

《热风》《华盖集》与《坟》

鲁迅著《热风》和《华盖集》先后于一九二五年十一月和一九二六年六月由北京北新书局出版，分别收录其一九一八年至一九二四年和一九二五年所写小说、散文诗、回忆记之外的作品。不过两本书并不包括他这一时期此种文章的全部，除删掉的篇什外，另有十九篇系特意留下，与一九〇七年至一九〇八年间所作四篇文言文合编为《坟》，于一九二七年三月由北京未名社出版。

一九二五年十月二十二日鲁迅日记："夜校杂感。"此即《热风》。同年十一月三日作《〈热风〉题记》，则云

"我在《新青年》的《随感录》中做些短评"。同年十二月三十一日作《〈华盖集〉题记》,说:"在一年的尽头的深夜中,整理了这一年所写的杂感,竟比收在《热风》里的整四年中所写的还要多。"又说:"也有人劝我不要做这样的短评。""杂感"与"短评"意义相当。《华盖集》版权页注明"鲁迅杂感集第二",而将《热风》列为"第一集"。鲁迅在一九二六年十月二十九日致陶元庆的信中称《坟》为"我的杂文集"。

鲁迅在《〈坟〉题记》(一九二六年十月三十日作)中提到"将这些体式上截然不同的东西,集合了做成一本书样子",在《写在〈坟〉后面》(一九二六年十一月十一日作)中则说是"我的古文和白话合成的杂集"。还说:"但我并无喷泉一般的思想,伟大华美的文章,既没有主义要宣传,也不想发起一种什么运动。不过我曾经尝得,失望无论大小,是一种苦味,所以几年以来,有人希望我动动笔的,只要意见不很相反,我的力量能够支撑,就总要勉力写几句东西,给来者一些极微末的欢喜。人生多苦辛,而人们有时却极容易得到安慰,又何必惜一点笔墨,给多尝些孤独的悲哀呢?于是除小说杂感之外,逐渐又有了长长短短的杂文十多篇。""小说"和"杂感",分别指时已面世的《呐喊》《彷徨》和《热风》《华盖集》;而"杂文"既一并指《坟》中用古文和白话写的所有文章,又单独指其中的白话之作。其与"杂感"或"短评"之别,在篇幅稍长,所谓"何必惜一点笔墨,给多尝些孤独的悲哀";虽然文章还是"长长短短"。

从《华盖集续编》到《二心集》

一九二六年十月十五日鲁迅日记:"下午编定《华盖集续编》。"该书收入一九二六年之作(包括稍后增补的《华盖集续编的续编》),于一九二七年五月由北京北新书局出版。然虽名"续编",编法却与前集不同:不再考虑《热风》《华盖集》与《坟》文体方面那种区别,而是统统汇编一起。即以集中第一篇《杂论管闲事·做学问·灰色等》(一九二六年一月三日作)而言,若《华盖集续编》还如《华盖集》那样编法,此文恐怕抽出另行安排;假如《坟》收录下限不是一九二五年底,或可编进去了。而集中这类文章不止一篇。此后的《而已集》(收一九二七年之作，一九二八年十月上海北新书局出版）、《三闲集》（收一九二七年至一九二九年之作，一九三二年九月上海北新书局出版）和《二心集》（收一九三〇年至一九三一年之作，一九三二年十月上海合众书局出版），都是这种编法。

鲁迅在《〈华盖集续编〉小引》（一九二六年十月十四日作）中说："还不满一整年，所写的杂感的分量，已有去年一年的那么多了。"又说："名副其实，'杂感'而已。"《〈华盖集续编的续编〉前记》（一九二七年一月八日作）则说："总算一年中所作的杂感全有了。""杂感"一词显然有了新的意义，不仅是《热风》和《华盖集》那类文章，连同《写在〈坟〉后面》所说"杂文"也包括在内了。《华盖集续编》版权页注明"鲁迅杂感集第三"，而将《热风》《华盖集》分别列为"第一集"和"第二集"。而《而已集》以降诸集，则不再注明及编序了。

一九三〇年五月十日鲁迅作《鲁迅自传》，有云："现在汇印成书的有两本短篇小说集：《呐喊》，《彷徨》。一本论文，一本回忆记，一本散文诗，四本短评。别的，除翻译不计外，印成的又有一本《中国小说史略》，和一本编定的《唐宋传奇集》。"所说"一本论文"，即《坟》。原来"杂文"被换成了"论文",与"短评"相区别。

按鲁迅所谓"论文",实不同于今日通常用法。周作人在《美文》(一九二一年五月作)中说:"外国文学里有一种所谓论文,其中大约可以分作两类。一批评的,是学术性的。二记述的,是艺术性的,又称作美文,这里边又可以分出叙事与抒情,但也很多两者夹杂的。……读好的论文,如读散文诗,因为他实在是诗与散文中间的桥。"此即essay,可译作论说文、散文、随笔或小品文。

周氏兄弟起初所以不将essay译为后来包括他们在内更多采用的"随笔",或许受到厨川白村的影响。厨川白村在《出了象牙之塔》(一九二四年至一九二五年之交由鲁迅译为中文)中特别强调:"有人译essay为'随笔',但也不对。德川时代的随笔一流,大抵是博雅先生的札记,或者炫学家的研究断片那样的东西,不过现今的学徒所谓arbeit之小者罢了。"他是担心读者误将这种传自英法的文体,与日本原有的《枕草子》《徒然草》等混为一谈。虽然厨川白村也说:"和小说戏曲诗歌一起,也算是文艺作品之一体的这essay,并不是议论呀论说呀似的麻烦类的东西。况乎,倘以为就是从称为'参考书'的那些别人所作的东西里，随便借光，聚了起来的百家米似的论文之类，则这就大错而特错了。"反观《坟》，至少其中白话文章，并非"随便借光"那种论文。

《鲁迅自传》所说"四本短评"，即《热风》《华盖集》《华盖集续编》和《而已集》。如此"短评"的意指也有所扩充。然而鲁迅仍强调"论文"与之有别，他正是在这个意义上使用了"短评"这一名目。

鲁迅在《〈三闲集〉序言》（一九三二年四月二十四日作）中则说："我的第四本杂感《而已集》的出版，算起来已在四年之前了。去年春天，就有朋友催促我编集此后的杂感。看看近几年的出版界，创作和翻译，或大题目的长论文，是还不能说它寥落的，但短短的批评，纵意而谈，就是所谓'杂感'者，却确乎很少见。……我自己省察，无论在小说中，在短评中，并无主张将青年来'杀，杀，杀'的痕迹，也没有怀着这样的心思。"显然"杂感"又与"短评"相当了。不过《三闲集》所收，同样并不止是"短短的批评"。

鲁迅作《鲁迅译著书目》（一九三二年四月二十九日）中，《热风》至《而已集》四种仍注明为"短评"或"短评集",《坟》却被称作"论文及随笔"。这样,"随笔"与"论文",各指原来"论文"的一部分,似乎是对《鲁迅自传》中的说法有所修正。鲁迅并未申说二者如何区分,这里不妨揣度一下:其根据或许正在那个"长长短短"。单看《坟》中白话文章,较长者如《灯下漫笔》《从胡须说到牙齿》等,更具essay本色;较短者如《论雷峰塔的倒掉》《再论雷峰塔的倒掉》,篇幅比较接近日本那种随笔。

鲁迅曾打算写一本《夜记》,他说:"'夜记'这东西,是我于一九二七年起,想将偶然的感想,在灯下记出,留为一集的,那年就发表了两篇。"从已完成的两篇《怎么写——夜记之一》和《在钟楼上——夜记之二》,以及未完成的《做古文和做好人的秘诀——夜记之五》看,鲁迅拟议中的这本书应该是《坟》那样的"论文集"。他在《做古文和做好人的秘诀》的"附记"(一九三二年四月二十六日作)中说,"到得前年,柔石要到一个书店去做杂志的编辑,来托我做点随随便便,看起来不大头痛的文章",鲁迅遂写了半篇"夜记之五","第二天柔石来访,将写下来的给他看,他皱皱眉头,以为说得太噜苏一点,且怕过占了篇幅。于是我就约他另译一篇短文,将这放下了"。盖鲁迅打算写"论文",而柔石想要的却是"短评"。《怎么写》和《在钟楼上》编入《三闲集》,《做古文和做好人的秘诀》编入《二心集》;作者称前者为"杂感上集",后者为"下集"(一九三二年四月二十四日致李小峰),"论文"也就被纳入"杂感"之内。

但是在《〈二心集〉序言》(一九三二年四月三十日作)中,鲁迅却说"这里是一九三〇年与三一年两年间的杂文的结集":"(一九三〇)这一年内,我只做了收在集内的不到十篇的短评";"自从一九三一年二月起,我写了较上年更多的文章,但因为揭载的刊物有些不同,文字必得和它们相称,就很少做《热风》那样简短的东西了;而且看看对于我的批评文字,得了一种经验,好像评论做得太简括,是极容易招得无意的误解,或有意的曲解似的。又,此后也不想再编《坟》那样的论文集,和《壁下译丛》那样的译文集,这回就连较长的东西也收在这里面,译文则选了一篇《现代电影与有产阶级》附在末尾,因为电影之在中国,虽然早已风行,但这样扼要的论文却还少见,留心世事的人们,实在很有一读的必要的。还有通信,如果只有一面,读者也往往很不容易了然,所以将紧要一点的几封来信,也擅自一并编进去了。"他讲的"论文"大致与《坟》相同;而"杂文"则包括"论文""短评""通信"甚至"译文"在内了,显然比《写在〈坟〉后面》涵盖面扩大,更接近于刘勰《文心雕龙》所说:"总括其名,并归杂文之区;甄别其义,各入讨论之域。"这是鲁迅首次将自己除小说、散文诗、回忆记之外的文章统称为"杂文"。

一九三三年三月二十日鲁迅致信李小峰云:"我们有几个人在选我的随笔,从《坟》起到《二心》止,有长序,字数还未一定。"同年三月二十五日信云:"随笔集稿俟序作好,当寄上。"指的是瞿秋白编《鲁迅杂感选集》。这里"随笔"显然又不同于《鲁迅译著书目》所指,而与《〈二心集〉序言》之"杂文"相当,差不多就是essay新的译法。——附带说一句,瞿秋白在《〈鲁迅杂感选集〉序言》中说"鲁迅在最近十五年来,断断续续的写过许多论文和杂感,尤其是杂感来得多",又说"现在选集鲁迅的杂感",然而所选范围却将《坟》也包括在内,是以当他将"杂感"与"论文"并列时,系取其狭义;将"杂感"用作书名,则取其广义。

鲁迅一九三三年六月二十五日致李小峰信中再次使用"随笔"一词,却未循先前的用法:"这几天因为须作随笔,又常有客来,所以杂感尚未编过,恐怕至早要在下月初了。"查鲁迅一九三三年六月三十日日记:"寄稿一篇于《文学》第二期。"该稿即《我的种痘》,鲁迅称为"随笔",可见系指他的专门一类文章,而非曾说过的"从《坟》起到《二心》止"者。所云"杂感",则见一九三三年七月二十日日记:"夜编《伪自由书》迄。"这里"杂感"与"随笔"并称,亦是狭义。

又,鲁迅一九三三年六月二十日致榴花社信云:"如作有小品文,则当寄上。"他并未给《榴花》作文,不知所谓"小品文"指哪类文章。

一九三三年十一月十二日鲁迅致信杜衡云:"轻性的论文实在比做引经据典的论文难,我于评论素无修养,又因病而被医生禁看书者已半年,实在怕敢动笔。"这是一封"却稿函",未见来信,不知"轻性的论文"是否杜衡提出,但是以此来形容《坟》那类文章却很恰切,而区别"轻性的论文"与"引经据典的论文",又与厨川白村关于essay并非"从称为'参考书'的那些别人所作的东西里,随便借光,聚了起来的百家米似的论文之类"的意见相合。

《伪自由书》《准风月谈》《花边文学》与《南腔北调集》《且介亭杂文》

一九三三年七月十九日鲁迅作《〈伪自由书〉前记》,云:"这一本小书里的,是从本年一月底起至五月中旬为止的寄给《申报》上的《自由谈》的杂感。"又说:"这些短评,有的由于个人的感触,有的则出于时事的刺戟。"《伪自由书》于一九三三年十月由上海北新书局以"青光书局"名义出版。

当年年底他编《南腔北调集》,所作《题记》(一九三三年十二月三十一日作)有云:"静着没事,有意无意的翻出这两年所作的杂文稿子来,排了一下,看看已经足够印成一本,……两年来所作的杂文,除登在《自由谈》上者外,几乎都在这里面;书的序跋,却只选了自以为还有几句可取的几篇。""两年"即一九三二年和一九三三年。该书于一九三四年三月出版。

这两本书的编法与此前又有不同:《热风》《华盖集》系与《坟》相平行,从《华盖集续编》到《二心集》则是将一段时间所作一并包括在内,《伪自由书》与《南腔北调集》又是平行的了。《伪自由书》专收《申报·自由谈》上文章,因报纸副刊篇幅有限,故皆为短制;《南腔北调集》所收则载诸多种书刊,长短不一。鲁迅所说"杂文",将《南腔北调集》和《伪自由书》一并包括在内,仍承《〈二心集〉序言》之义。而以"杂感""短评"称《伪自由书》,似乎这是"杂文"之一项。

一九三四年三、四月间他作《自传》,却又说:"我的工作,除翻译及编辑的不算外,创作的有短篇小说集二本,散文诗一本,回忆记一本,论文集一本,短评八本,《中国小说史略》一本。"将《热风》《华盖集》《华盖集续编》《而已集》《三闲集》《二心集》《伪自由书》和《南腔北调集》都叫做"短评"。似乎对鲁迅来说,"短评"如同"杂文""杂感",也有狭义与广义之别。

鲁迅接下来的几本书,《准风月谈》(一九三四年十二月上海联华书局以"兴中书局"名义出版)上承《伪自由书》,该书《后记》(一九三四年十月十六日作)有云:

"这六十多篇杂文,是受了压迫之后,从去年六月起,另用各种的笔名,障住了编辑先生和检查老爷的眼睛,陆续在《自由谈》上发表的。……我的杂文,所写的常是一鼻,一嘴,一毛,但合起来,已几乎是或一形象的全体,不加什么原也过得去的了。"这里"杂文"之意,等同于《〈伪自由书〉前记》所说"杂感""短评"。

《花边文学》(一九三六年六月由上海联华书局出版)上承《准风月谈》,却有一点差别,即如《〈花边文学〉序言》(一九三五年十二月二十九日作)所云:"我的常常写些短评,确是从投稿于《申报》的《自由谈》上开头的;集一九三三年之所作,就有了《伪自由书》和《准风月谈》两本。后来编辑者黎烈文先生真被挤轧得苦,到第二年,终于被挤出了,我本也可以就此搁笔,但为了赌气,却还是改些作法,换些笔名,托人抄写了去投稿,新任者不能细辨,依然常常登了出来。一面又扩大了范围,给《中华日报》的副刊《动向》,小品文半月刊《太白》之类,也间或写几篇同样的文字。聚起一九三四年所写的这些东西来,就是这一本《花边文学》。"这里又将"短评"当做某一类文章的名目,而且这类文章并不再限于《申报·自由谈》,甚至不限于报纸副刊上的了。

《且介亭杂文》(一九三七年七月上海三闲书屋出版)则上承《南腔北调集》,收录鲁迅一九三四年所作《花边文学》之外的文章,有登在杂志上的,也有登在报纸副刊上的,其中《门外文谈》,更曾是《申报·自由谈》的连载之作。

有关《且介亭杂文》与《伪自由书》的区别,一九三五年一月四日鲁迅致信萧军、萧红云:"看看去年所作的东西,又有了短评和杂论各一本,想在今年内印它出来。"这里"短评"取其狭义,新提出的"杂论",则像是将《坟》之"杂文"与"论文"合而为一。而"短评"与"杂论"一并叫做"杂文",如《〈且介亭杂文〉序言》(一九三五年十二月三十日作)所说:"这一本集子和《花边文学》,是我在去年一年中,在官民的明明暗暗,软软硬硬的围剿'杂文'的笔和刀下的结集,凡是写下来的,全在这里面。"现在鲁迅讲得很明确:"其实'杂文'也不是现在的新货色,是'古已有之'的,凡有文章,倘若分类,都有类可归,如果编年,那就只按作成的年月,不管文体,各种都夹在一处,于是成了'杂'。"

《且介亭杂文二集》

继《且介亭杂文》之后的《且介亭杂文二集》（一九三七年七月上海三闲书屋出版），是鲁迅生前编定的最后一本集子。如同《华盖集续编》之于《华盖集》，《且介亭杂文二集》与《且介亭杂文》也不是一样编法，即如作者在《〈且介亭杂文二编〉序言》（一九三五年十二月三十一日作）中所说："昨天编完了去年的文字，取发表于日报的短论以外者，谓之《且介亭杂文》；今天再来编今年的，因为除做了几篇《文学论坛》，没有多写短文，便都收录在这里面，算是《二集》。"这里"短论""短文"即前引致两萧信所说"短评"，《且介亭杂文二集》不复区分其与"杂论"了。又云："倘不是想到了已经年终，我的两年以来的杂文，也许还不会集成这一本。"是将《且介亭杂文》《且介亭杂文二集》一并以"杂文"称之，即如书名所示。

《〈且介亭杂文二集〉后记》（一九三六年一月一日作）云："我在这一年中，日报上并没有投稿。"为报纸投稿,与为杂志作文,在鲁迅原是两类写法。厨川白村《出了象牙之塔》有云:"如果是冬天,便坐在暖炉旁边的安乐椅子上,倘在夏天,则披浴衣,啜苦茶,随随便便,和好友任心闲话,将这些话照样地移在纸上的东西,就是essay。兴之所至,也说些以不至于头痛为度的道理罢。也有冷嘲,也有警句罢。既有humor(滑稽),也有pathos(感愤)。所谈的题目,天下国家的大事不待言,还有市井的琐事,书籍的批评,相识者的消息,以及自己的过去的追怀,想到什么就纵谈什么,而托于即兴之笔者,是这一类的文章。"总的来讲,鲁迅的文章与此并不相合,他说的"生存的小品文,必须是匕首,是投枪,能和读者一同杀出一条生存的血路的东西"(《小品文的危机》),几乎可以概括其所有作品;但我们如果把厨川白村所云看作一种方向,那么鲁迅为杂志写的"杂论"显然比他为报纸写的"短评"更接近于此类essay。

《〈且介亭杂文二集〉后记》又说:"今天我自己查勘了一下:我从在《新青年》上写《随感录》起,到写这集子里的最末一篇止,共历十八年,单是杂感,约有八十万字。"即便不算"论文集"《坟》,从《热风》到《且介亭杂文二集》也不止"八十万字"(可参看鲁迅此前拟编"三十年集"时所做统计),所以"杂感"还是指他的一类文章。

余话

鲁迅谈到自己的文章,所用的"杂感""短评""杂文""论文""随笔""杂论"之类说法,有些先仅具狭义,后衍生广义,而与别种说法对应时,又恢复狭义;有些则始终只有狭义。当取狭义时,比较接近于描述某一类文体;取广义时,所强调的是对于不同文体的统摄,"杂文""杂感""短评"等,均是如此。

鲁迅写过一篇《做"杂文"也不易》。针对林希隽所说"最近以来,有些杂志报章副刊上很时行的争相刊载着一种散文非散文,小品非小品的随感式的短文,形式既绝对无定型,不受任何文学制作之体裁的束缚,内容则无所不谈,范围更少有限制。为其如此,故很难加以某种文学作品的称呼;在这里,就暂且名之为杂文吧",鲁迅指出:"他的'散文'的定义,是并非中国旧日的所谓'骈散''整散'的'散',也不是现在文学上和'韵文'相对的不拘韵律的'散文'（prose）的意思：胡里胡涂。但他的所谓'严肃的工作'是说得明明白白的：形式要有'定型'，要受'文学制作之体裁的束缚'；内容要有所不谈；范围要有限制。这'严肃的工作'是什么呢？就是'制艺'，普通叫'八股'。"

可知鲁迅写文章，自不受"文学制作之体裁的束缚"，他也无意建立符合"文学制作之体裁"的概念。

二〇一〇年七月二十七日

鲁迅的合作作品

"合作作品"是个笼统说法,严格讲应分为两类:一是两位或两位以上作者共同完成作品,其成果以及相应的权利不可分割;一是两位或两位以上作者各自完成作品的一部分,或将各自完成的作品汇集成书,其成果以及相应的权利可以分割。

前一类,如雅各布·格林和威廉·格林合作搜集整理《儿童与家庭童话集》《德国传说》;埃德蒙·德·龚古尔和茹尔·德·龚古尔合作创作《夏尔·德马依》《修女菲洛梅娜》《热曼妮·拉塞特》《勒内·普莫兰》《玛耐特·萨洛蒙》等;博尔赫斯与比奥伊·卡萨雷斯用本名和几种笔名合作创作《堂伊西德罗·帕罗迪的六个问题》《两个值得记忆的幻想》《一种死亡模式》《天使与地狱》《布斯托斯·多梅克的记事》《布斯托斯·多梅克的新记事》等，博尔赫斯与比奥伊·卡萨雷斯、西尔维娜·奥坎波合作编辑《幻想作品选》和《阿根廷诗选》；曼弗雷德·班宁顿·李和弗里德里克·丹奈以"埃勒里·奎因"的笔名合作创作大量侦探小说，——据说，在大部分情况下，丹奈先拟定提纲，再由李完成作品。在中国，则有师陀、朱梵（柯灵）合作改编高尔基的《夜店》，——师陀在《〈夜店〉赘言》中介绍："我们经过几次讨论，便开始动手，柯灵改前两幕，我改后两幕。"又有袁静、孔厥合著《新儿女英雄传》。《新儿女英雄传》一九四九年十月由海燕书店出版，一九五六年十一月人民文学出版社重出，"出版说明"有云："小说的作者之一——孔厥，后来由于道德堕落，为人民唾弃；但这并不影响这本书存在的价值。孔厥在小说的创作过程中，实际参加过一定的劳动，因此仍然保存了原来的署名。"正可说明此种合作作品不可分割的性质。

后一类，如一八七九年法国六位标榜自然主义的文人在左拉的梅塘别墅聚会，商定各写一篇以普法战争为背景的短篇小说，左拉作《磨坊之役》，莫泊桑作《羊脂球》，于斯曼作《背包在肩》，塞亚尔作《国破人亡》，埃尼克作《大七事件》，亚历克西作《战斗之后》，汇集成《梅塘之夜》一书于次年出版。又如一九〇九年俄国出版《路标》文集，收录了别尔嘉耶夫、布尔加科夫、司徒卢威、伊兹戈耶夫、基斯嘉科夫斯基、弗兰克和格尔申宗等七位文化保守主义代表人物的作品。在中国则有《人权论集》，包括胡适的序言和六篇文章，罗隆基的三篇文章和梁实秋的一篇文章，一九三〇年一月由新月出版社出版。

鲁迅也有一些合作作品。属于第一类的，有一九〇六年五月上海普及书局出版的《中国矿产志》，署"江宁顾琅会稽周树人合纂"，马良所作序云："顾周两君学矿多年，颇有心得，慨祖国地大物博之无稽，爰著《中国矿产志》一册……"后由唐弢编入《鲁迅全集补遗续编》。

还有一九二八年一月未名社出版的《小约翰》，鲁迅在《马上支日记》中提到系与齐寿山"同译"，而在《〈小约翰〉引言》中则说，"和我多年共事的朋友，曾经帮我译过《工人绥惠略夫》的齐宗颐君，躲在中央公园的一间红墙的小屋里，先译成一部草稿"；后自行整理译稿，

"稍加修正,并且誊清"。"可惜我的老同事齐君现不知漫游何方,自去年分别以来,迄今未通消息,虽有疑难,也无从商酌或争论了。倘有误译,负责自然由我。"出版时署"鲁迅译"。该书收入一九三八年版《鲁迅全集》和一九五八年版《鲁迅译文集》。

　　一九二九年十一月上海春潮书局出版的海尔密尼亚·至尔·妙伦著《小彼得》,鲁迅在《〈小彼得〉译本序》中说:"这连贯的童话六篇,原是日本林房雄的译本(一九二七年东京晓星阁出版),我选给译者,作为学习日文之用的。逐次学过,就顺手译出,结果是成了这一部中文的书。但是,凡学习外国文字的,开手不久便选读童话,我以为不能算不对,然而开手就翻译童话,却很有些不相宜的地方,因为每容易拘泥原文,不敢意译,令读者看得费力。这译本原先就很有这弊病,所以我当校改之际,就大加改译了一通,比较地近于流畅了。——这也就是说,倘因此而生出不妥之处来,也已经是校改者的责任。"似乎性质与《小约翰》相近。然此书译者署名"许霞",这是许广平的原名;鲁迅自己尝用笔名"许遐",却未用过"许霞"。在鲁迅自订《鲁迅译著书目》中,《小彼得》未与《小约翰》等并列，而属于"译著之外，又有"之"所校订者"，注明"许霞译"，与柔石作《二月》、叶永蓁作《小小十年》、韦丛芜译《穷人》、李霁野译《黑假面人》、梅川译《红笑》、周建人译《进化与退化》、柔石译《浮士德与城》、贺非译《静静的顿河》和侍桁译《铁甲列车第一四——六九》同归一类。

一九三三年十二月荣宝斋影印的《北平笺谱》，署"鲁迅　西谛编"，据书末所附郑振铎《访笺杂记》，系由郑氏"搜访笺样"，而鲁迅"负最后选择的责任"，两位编者的成果与权利亦无法分割。

属于第二类的，有一九〇九年二月和六月在东京出版的"会稽周氏兄弟纂译"《域外小说集》，第一册之《谩》和《默》，第二册之《四日》署"树人译"，余均署"作人译"。一九二一年上海群益书社出版《域外小说集》增订本，署"周作人译"，序中仍声明："其中的迦尔洵的《四日》，安特来夫的《谩》和《默》这三篇，是我的大哥翻译的。"类似情况有一九二二年五月和一九二三年六月上海商务印书馆出版的《现代小说译丛（第一集）》和《现代日本小说集》，前者署"周作人译"，后者署"周作人编译",但二书序言分别说明:"其中三篇(《微笑》,《白母亲》与《犹太人》)是我的兄弟建人译的,而安特来夫,契里珂夫,阿尔志跋绥夫各二篇,跋佐夫,亢德与亚勒吉阿各一篇,却是鲁迅君的翻译,现在得了他的赞同,也收在这集子里了。""这里边夏目,森,有岛,江口,菊池,芥川等六人的作品,是鲁迅君翻译,其余是我所译的。"鲁迅所译以后均分割出,收入一九三八年版《鲁迅全集》和一九五八年版《鲁迅译文集》。

鲁迅一九三〇年所译刈米达夫著《药用植物》,收入一九三六年六月上海商务印书馆出版的《药用植物及其他》一书,署"乐文等译著"。《药用植物》列为上编,下编《其他药用植物》包括许炳熙、陈阳均等所作五篇论文。《药用植物》以后被分割出,作为附编收入一九三八年版《鲁迅全集》。

一九二九年四月和九月朝花社出版《近代世界短篇小说集(1):奇剑及其他》和《近代世界短篇小说集(2):在沙漠上及其他》,卷首均有鲁迅以"朝花社同人"名义所撰《小引》,前一种收短篇小说十三篇,其中腓立普作《捕狮》《食人人种的话》,迦尔洵作《一篇很短的传奇》,

淑雪兼珂作《贵家妇女》《波兰姑娘》，系鲁迅所译，另有柔石译一篇，真吾译五篇，梅川译两篇；后二种收短篇小说十二篇，其中巴罗哈作《放浪者伊利沙辟台》《跋司珂族的人们》，伦支作《在沙漠上》，雅各武莱夫作《农夫》系鲁迅所译，另有真吾、柔石各译四篇。鲁迅译作后被分割出，收入一九三八年版《鲁迅全集》和一九五八年版《鲁迅译文集》，但却没有保留《近代世界短篇小说集》这名目。

一九二二年七月上海商务印书馆出版的《爱罗先珂童话集》署"鲁迅译"，一九三三年一月和三月上海良友图书印刷公司出版的《竖琴》和《一天的工作》署"鲁迅编译"，其实也是合作作品。鲁迅在《〈爱罗先珂童话集〉序》中说："本集的十二篇文章中，《自叙传》和《为跌下而造的塔》是胡愈之先生译的，《虹之国》是馥泉先生译的，其余是我译的。"《竖琴》所收十篇，鲁迅译七篇，柔石译两篇，靖华译一篇；《一天的工作》所收十篇，鲁迅译八篇，文尹译包括用作书名的《一天的工作》在内的两篇。二书本系鲁迅拟编《新俄小说家二十人集》之上下册；后良友图书印刷公司建议将两册合编为《苏联作家二十人集》,鲁迅表示:"《竖琴》和《一天的工作》可以如来信所示,合为一本。新的书名很好。序文也可以合为一篇。"(一九三六年七月七日致赵家璧)该合集于一九三六年七月出版。一九三八年版《鲁迅全集》已将《爱罗先珂童话集》里非鲁迅所译者分割出,一九五八年版《鲁迅译文集》中,《竖琴》和《一天的工作》里非鲁迅所译者也被分割出去。

一九三三年四月上海青光书局出版的"鲁迅与景宋的通信"《两地书》,也应归在这一类里。鲁迅一九三二年八月十七日致许寿裳:"上海近已稍凉,但弟仍一无所作,为啖饭计,拟整理弟与景宋通信,付书坊出版以图版税,昨今一看,虽不肉麻,而亦无大意义,故是否编定,亦未决也。"一九三二年十月二十日致李小峰:"通信正在钞录,尚不到三分之一,全部约当有十四五万字,则抄成恐当在年底。成后我当看一遍并作序,也略需时,总之今年恐不能付印了。"一九三二年十月三十一日日记:"夜排比《两地书》迄,凡分三集。"一九三三年一月十三日日记:"复阅《两地书》迄。"《两地书》收录的是鲁迅与许广平一九二五年三至七月,一九二六年九月至一九二七年一月和一九二九年五至六月的通信。这是一部"往来书信集"。类似编法,国内此前有一九二〇年五月上海亚东图书馆出版的田汉、宗白华、郭沫若著《三叶集》,——田汉称之为"中国的《少年维特之烦恼》";后来又有《张元济傅增湘论书尺牍》《张元济蔡元培来往书信集》《陈垣往来书信集》《胡适来往书信选》《论学谈诗二十年:胡适与杨联陞往来书信集》《胡适王重民先生往来书信集》《周作人与鲍耀明通信集》《李劼人晚年书信集》《暮年上娱:叶圣陶俞平伯书信集》《涸辙旧简:叶圣陶贾祖璋京闽通信集》等。国外则有《列·尼·托尔斯泰与俄国作家通信集》《E.B.怀特书信选集》《川端康成·三岛由纪夫往来书简集》等。这其中有些为他人编辑,或与《两地书》性质稍有差异;然《E.B.怀特书信选集》编者是E.B.怀特一位老友之女多萝西·洛布拉诺·戈思,得到了作者的认可;《三叶集》则由田汉、宗白华、郭沫若自己编就。

"往来书信集"的好处,诚如《列·尼·托尔斯泰与俄国作家通信集》编者苏·阿·罗扎诺娃所说:"你来我往的通信可以使人听到对话双方的声音,信中包含的内容揭示着他们的相互关系和对周围世界态度的性质,以及双方个性本身各自具有的特点。"但是书信还有另外一种编选方式，即只收一方所作。这样的书信集或包括书信的全集，如《田汉全集》《宗白华全集》和《郭沫若全集》等，相当常见。况且，存留世间的书信很多已是"有来无往"。就连《两地书》也不完整，如"第一集　北京"中，许广平一九二五年五月九日信前，"其间缺鲁迅五月八日信一封"；鲁迅同年五月三十日信前，"其间缺广平留字一纸"；鲁迅六月二十八日信"前缺"，此前"其间当有缺失，约二三封"；鲁迅六月二十九日信前，"此间缺广平二十八日信一封"；鲁迅七月九日信前，"其间当缺往来信札数封，不知确数"，——即如鲁迅所说："其中虽然有些缺少，但恐怕是自己当时没有留心，早经遗失，并不是由于什么官灾兵燹的。"由此可知一方信件作为作品的独立性，未必非得依赖另一方信件的存在、依赖与另一方信件的对应关系得以成立。即使是"情书"，如卡夫卡的《致菲莉斯》《致密伦娜》也只是一方之作。一九四六年十月鲁迅全集出版社出版的许广平编《鲁迅书简》，以及一九五八年版、一九八一年版和二〇〇五年版《鲁迅全集》，均只收录鲁迅的信件。二〇〇五年版《鲁迅全集》收录了《两地书》中鲁迅的原信,而未收录许广平的原信,实际上已经对这批往来书信作了分割。如果以书名《两地书》为由认为其中内容不可分割,那么前述《一天的工作》《苏联作家二十人集》的书名和《域外小说集》"会稽周氏兄弟纂译"的署名也应视为同样的限定。附带说一句,对比原信,鲁迅编辑出版《两地书》时多有改动,大概已不宜当作他与许广平的私人通信看了。

二〇〇九年九月十一日

鲁迅遗著的出版

鲁迅生前出版的最后一本书,是一九三六年七月收入"良友文学丛书特大本"中的《苏联作家二十人集》,即此前"良友文学丛书"里《竖琴》与《一天的工作》的合集。经手此事的赵家璧说:"我们想到鲁迅的《竖琴》和《一天的工作》原来是一部书,为了适应我们的要求才一分为二的,现在既出特大本,理应恢复编译者原有的打算,合出一册。"(《给"良友"出版的第一本书——关于〈苏联作家二十人集〉》)鲁迅曾致信赵氏云:"《竖琴》和《一天的工作》,可以如来信所示,合为一本。新的书名很好。序文也可以合为一篇。"(一九三六年七月七日)一九三六年八月六日鲁迅日记:"上午得赵家璧信并《苏联作家二十人集》十本。"

此后再印行的鲁迅作品均属遗著。这可分为几组。第一组是鲁迅的创作、翻译和辑校的古籍。其中有些生前编定,未及付印,如《且介亭杂文》《且介亭杂文二集》——据许广平说:"《且介亭杂文》共三集,一九三四和三五年的两本,由先生自己于三五年最末的两天编好了,只差未有重看一遍和标明格式。这,或者因为那时总不大健康,所以没有能够做到。"(《〈且介亭杂文末编〉后记》)二书均于一九三七年七月出版。校勘的《嵇康集》亦在此列,鲁迅自云"清本略就"(一九三二年三月二日致许寿裳),后收入一九三八年版《鲁迅全集》。

另外有些则没有完成,包括一九三六年所作《且介亭杂文末编》《夜记》,辑录的《古小说钩沉》,翻译的巴罗哈著《山民牧唱》、果戈理著《死魂灵》第二部,以及在厦门大学的讲义《汉文学史纲要》等。许广平在鲁迅身后编成《且介亭杂文末编》,一九三七年七月出版。所撰《后记》有云:"一九三六年作的《末编》,先生自己把存稿放在一起的,是自第一篇至《曹靖华译〈苏联作家七人集〉序》。《因太炎先生而想起的二三事》,和《关于太炎先生二三事》,似乎同属姊妹篇,虽然当时因是未完稿而另外搁开,此刻也把它放在一起了。《附集》的文章,收自《海燕》,《作家》,《现实文学》,《中流》等。《半夏小集》,《这也是生活》,《死》,《女吊》四篇,先生另外保存的,但都是这一年的文章,也就附在《末编》一起了。"《半夏小集》等四篇,据许广平在《〈夜记〉编后记》中介绍,是"预备做《夜记》的材料,不幸没有完成"。这样,《夜记》就并入了《且介亭杂文末编》之中。至于许广平所编《夜记》一书,只是鲁迅晚年之作的选本,与作者原拟专门写一部散文集实有不同。

许广平还编了《集外集拾遗》。——这要追溯到鲁迅生前面世的《集外集》,该书系杨霁云编,一九三五年五月出版。所谓"集外",指鲁迅一九三三年前出版的杂文集《坟》《热风》《华盖集》《华盖集续编》《而已集》《三闲集》和《二心集》中失收和未收的文章。鲁迅尝致信编者说:"欲将删遗的文字付印,倘不至于对不住读者,本人却无异议。"(一九三四年十二月五日)"钟敬文编的书里的三篇演说,请不要收进去,记的太失真,我自己并未改正,他们乱编进去的。"(一九三四年十二月十一日)"《监狱，火……》是今年做的，还不能算集外文。"（一九三四年十二月十四日）"前信提出了一篇《〈爱罗先珂童话集〉序》，后来一想，是不应当收的，因为那童话也几乎全是我的翻译。"（一九三四年十二月十六日）可知关于"集外文"的体例，鲁迅有明确想法，而《集外集》实开启鲁迅作品中一个系列。

《集外集》出版后，鲁迅以所收未备，尤其是其中几篇被国民党图书审查机关删去，拟再出续集，并与许广平一起据所藏旧刊重新誊抄集外文三十余篇。一九三五年十二月二十三日致信李小峰云："《集外集拾遗》抄出大半，尚有数篇在觅期刊，编好须在明年了。"后因病中止。许广平所编《集外集拾遗》，除鲁迅抄录者外，又增补一些内容。——回过头去看许编《且介亭杂文末编》，《附集》中原属《夜记》之外的各篇和《因太炎先生而想起的二三事》，可能也是"集外文"。

《集外集拾遗》与《古小说钩沉》、《山民牧唱》、《死魂灵》第二部（附于第一部之后）、《汉文学史纲要》，均收入一九三八年版《鲁迅全集》。《全集》还收有许广平编的《译丛补》，所撰《编后记》有云："以上各篇，陆

52

续搜求，初未料能积成一书，故预告中未经提及，现排于文集《壁下译丛》之后，仍本先生之意，名之曰：《译丛补》。"不过《壁下译丛》是论文集，而《译丛补》兼收论文、小说、杂文和诗，体例稍有不合，不似《集外集》与《集外集拾遗》之一脉相承。

以后唐弢编《鲁迅全集补遗》（一九四六年十月出版）、《鲁迅全集补遗续编》（一九五二年三月出版），乃是一九三八年版《鲁迅全集》之"集外集"，但是就中除出版过的与顾琅合著《中国矿产志》，未出版的生理学讲义《人生象敩》和采录的《小说备校》这几种成本的作品外，唐弢所编亦可看作《集外集拾遗》的"补遗"。这一部分内容补充进一九五八年版《鲁迅全集》的《集外集拾遗》和一九五八年版《鲁迅译文集》的《译丛补》中。一九八一年和二〇〇五年版《鲁迅全集》则另增《集外集拾遗补编》一种，"收入一九三八年五月许广平编定的《集外集拾遗》出版后陆续发现的佚文"。二〇〇八年版《鲁迅译文全集》不用《译丛补》名目，另行辑录《译文补编》一种。

人民文学出版社编辑部编《鲁迅辑录古籍丛编》

（一九九九年七月出版），收录了此前未付梓的多种作品，包括校勘的《岭表录异》《沈下贤文集》，纂辑的谢承《后汉书》、谢沈《后汉书》、虞预《晋书》《范子计然》《魏子》《任子》、虞喜《志林》、张隐《文士传》《众家文章记录》《魏子》《任子》、虞喜《志林》、张隐《文士传》《众家文章记录》《云谷杂记》和摘抄的《说郛录要》。

第二组是鲁迅的书信。鲁迅生前，这方面仅有《两地书》一种出版。杨霁云编《集外集》时，鲁迅有云："致秉中函可以不必要，因此种信札，他处恐尚有公开者，实则我作札甚多，或直言，或应酬，并不一律，登不胜登，现在不如姑且都不收入耳。"（一九三四年十二月二十九日）及鲁迅逝世，散在各处的信函陆续收集，许广平编印了影印本《鲁迅书简》（一九三七年六月出版）和排印本《鲁迅书简》（一九四六年十月出版）。以后又有多种鲁迅书信集问世。一九五八年版《鲁迅全集》收书信两卷，一九八一年版增为三卷，二〇〇五年版又有补充。

第三组是鲁迅的日记。《鲁迅日记》先有影印本（一九五一年四月至五月出版）和排印本（一九五九年八月出版），后收入一九八一年版和二〇〇五年版《鲁迅全集》。

第四组是鲁迅的日文作品。日本汲古书院一九八六年三月出版中岛利郎、伊藤漱平编《鲁迅·增田涉师弟答问集》,首次公布了增田涉与鲁迅一九三二年关于《世界幽默全集》第十二卷《支那篇》、一九三四年关于《中国小说史略》和一九三五年关于《鲁迅选集》及《小品文的危机》的质疑应答。此外,鲁迅生前发表的日文之作,上海鲁迅纪念馆汇编为《鲁迅日文作品集》(一九八一年五月出版);鲁迅以日文所写书信,则先编进《鲁迅书简补遗(致日本人部分)》(一九五二年一月出版),以后又有增补,收入一九八一年版和二〇〇五年版《鲁迅全集》。

第五组是鲁迅编印的中外画集。鲁迅生前已问世的《近代木刻选集(1)》《蕗谷虹儿画选》《近代木刻选集(2)》《比亚兹莱画选》《新俄画选》《梅斐尔德木刻士敏土之图》《北平笺谱》《引玉集》《木刻纪程(1)》《十竹斋笺谱》《凯绥·珂勒惠支版画选集》《死魂灵一百图》和《苏联版画选》,后来都有翻印本;一九八一年八月至一九八二年七月出版的《鲁迅编印画集辑存》,汇编了其中十种。鲁迅一九三六年春夏之际还编过一部《亚历克舍夫城与年之图》,包括鲁迅所作小引,曹靖华写的费定著

《城与年》概略，亚历克舍夫的全部二十八幅木刻——由画家手拓，鲁迅逐一写有简要说明。一九三六年五月十五日他致信曹靖华云："至于印法，则出一单行本子，仍用珂罗版，付印期约在六月，是先排好文字，打了纸版，和图画都寄到东京去。"然因病重未能实行。此书迄未出版。

　　第六组是鲁迅自己的美术作品。迄今还没有一本完备的《鲁迅美术作品集》。上海鲁迅博物馆、中国美术家协会上海分会编的《鲁迅与书籍装帧》（一九八一年八月出版）"所辑图版，有鲁迅亲自设计的、参与设计的和他所赞赏的"，最后一项并非鲁迅作品，惟此书"正图""各按原书设色复印"，相当漂亮。王锡荣编选的《画者鲁迅》（二〇〇六年八月出版）包括国画、篆刻、平面设计、线描和书刊设计五类，个别作品是否出自鲁迅之手尚待厘清，"鲁迅自述""相关链接"和"编者解说"又占了大量篇幅，多与鲁迅美术作品无甚关系，书刊设计部分凡未袭用《鲁迅与书籍装帧》者均不修版，显得很不协调。

　　第七组是影印的鲁迅手稿。鲁迅手稿全集编辑委员会编《鲁迅手稿全集》，从一九七八年一月起陆续出版，只出了书信、日记和文稿部分。辑录部分，另有北京鲁迅博物馆、上海鲁迅纪念馆编《鲁迅辑校古籍手稿》（一九八六年八月至一九九三年三月出版）和《鲁迅辑校石刻手稿》（一九八七年七月出版），其中多为未刊稿。译文手稿至今尚未付梓。

我曾倡议编印《大鲁迅全集》——姑且借用日本的一个书名，虽然那只是一套选集——以上部分均应包括在内。而若参看《三闲集》所收《鲁迅著译书目》，则还要及于其"所编辑者""所选定，校字者""所校订，校字者"和"所校订者"——鲁迅说："据书目察核起来，我在过去的近十年中，费去的力气实在也并不少，即使校对别人的译著，也真是一个字一个字的看下去，决不肯随便放过，敷衍作者和读者的，并且毫不怀着有所利用的意思。"这些作品，同样是鲁迅"陆续用去了的生命"。《鲁迅著译书目》写于一九三二年四月二十九日，此后他还编校过一些作品，譬如《海上述林》。

却说唐弢编了《鲁迅全集补遗》，许广平撰文说："要求爱好鲁迅著作，愿意丰富这一时代文化遗产的多多给我们指正，领导，使辑佚工作更加完备。"（《读唐弢先生编全集补遗后》）这里提到"辑佚"；一九八一年版和二〇〇五年版《鲁迅全集》，关于《集外集拾遗补编》的说明中则用了"佚文"。二者本是古文献学的概念。"辑"是聚集，特指聚集材料编书，如辑录、辑要、辑逸、纂辑之类；佚同逸，散失，失传。佚文则指散失的文句、篇章。陈漱渝为刘云峰编《鲁迅佚文全集》作序云："我国辑佚工作本起于汉学家之治经。以此扬名于世的首推宋代的王应麟。他辑有《三家诗考》《周易郑氏注》各一卷，附刻在《玉海》中，至今流传。但辑佚成为专门之业当在清代。诸如编《玉函山房辑佚书》的马国翰，编《全上古三代秦汉三国六朝文》的严可均，编《汉魏遗书钞》的王谟，均堪称中国学术史上的辑佚大家。"鲁迅也是一位辑佚大家，所辑《会稽郡故书杂集》《古小说钩沉》、谢承《后汉书》等，均极见功力。然而从王应麟到鲁迅，所做工作均合乎前述"辑佚"，所得成果亦确属前述"佚文"。

这两个词用于现代文学的搜集整理工作，情况有些差异，性质亦不相同。严格讲，文章无论已刊未刊，既存在就不能算"佚"。尤其已刊者，载诸报纸、刊物、书籍，当初印行都不止一份，很难断言尽皆失传；而我们发现的所谓"佚文"，又往往是从此种发行量或多或少的印刷品上查到。古语云,"皮之不存,毛将焉附";现在情况是附毛之皮尚在,却说毛已不存。论者有云:"现代文学虽然从发生距今不足百年,但由于现代社会动荡不安、政治混乱、战争频繁,相当一部分作家的作品已经'亡佚'了。但这种'亡佚'并非真的丢失,而是指这些作品未收入作家的别集或总集之中。将现代作家已经散佚的作品,通过各种渠道挖掘、考证、编辑出来,以完整和丰富作家别集和总集的工作,就是现代文学的辑佚。"(徐鹏绪、赵连昌:《中国现代文学辑佚述略——中国现代文学文献学类型研究之一》)然而旧词新义,终嫌淆乱;尽管此种"挖掘、考证、编辑",往往颇有价值,特具意义。

具体讲到鲁迅,相关工作更要在几十年间已经出版各种遗著的背景下予以考量。举凡原稿存在,如《人生象教》《两地书》原信等;或已经影印出版,如《鲁迅辑校古籍手稿》《鲁迅辑校石刻手稿》中的内容;以及早就公开披露,如《鲁迅全集》中未列目或附于正文之后的"附记",即便以"现代文学文献学"的眼光来看,都谈不上是"辑佚"。

鲁迅确有散佚之作,如《扶桑记行》(周作人一九〇二年四月二十三日日记:"接大哥初六日自日本来函,内有《扶桑记行》一卷,系其路上日记,颇可观览。")、《物理新诠》(鲁迅一九〇四年十月八日致蒋抑卮:"前曾译《物理新诠》,此书凡八章,皆理论,颇新颖可听。只成其'世界进化论'及'原素周期则'二章,竟中止,不暇握管。")、《世界史》(鲁迅一九三四年五月六日致杨霁云:"又曾译过《世界史》,每千字五角,至今不知道曾否出版。")、《北极探险记》(鲁迅一九三四年五月十五日致杨霁云:"那时又译过一部《北极探险记》,叙事用文言,对话用白话,托蒋观云先生绍介于商务印书馆,不料不但不收,编辑者还将我大骂一通,说是译法荒谬。后来寄来寄去,终于没有人要,而且稿子也不见了,这一部书,好像至今没有人检去出版过。")、《红笑》(鲁迅《关于〈关于红笑〉》:"关于《红笑》,我是有些注意的,因为自己曾经译过几页,那豫告,就登在初版的《域外小说集》上,但后来没有译完,所以也没有出版。")、《石屏集》(鲁迅一九一三年八月二十七日日记:"补写《台州丛书》中之《石屏集》起。"十一月十六日日记:"夜钞《石屏集》跋二叶毕,于是全书告成,凡十卷,序目一卷,总计二百七十二叶，历时八十日矣。")等。鲁迅晚年亦有几篇文稿下落不明，如一九三三年八月七日日记载："寄烈文信并稿一篇。"《鲁迅全集》注曰："待查。"一九三四年一月十六日："上午寄猛克稿二篇。"注曰："未详。"四月十六日："得烈文信并还稿一篇。"注曰："未详。"四月二十七日："午后寄烈文信并稿一。"注曰："未详。"五月一日："寄《动向》稿二篇。"注曰，其中"一篇不详"。五月七日："上午寄动向社稿二。"注曰，其中"一篇不详"。十月二十二日："寄《动向》稿一。"注曰："未详。"十月二十八日："上午寄生活周刊社稿一篇。"注曰："未详。"一九三六年十月十日："夜为《文艺周报》作短文一篇，共千五百字。"注曰："未详。"鲁迅一九二二年的日记遗失。此外他一生写信六千余通，保存下来的不到四分之一。

前些时开会，有人提出凡全集之外者即为"佚文"。然则不少全集或搜罗不周，或故意删略，未收之文显非"佚文"。在我看来，对已经出版过全集或专集者，此类篇章似应称"集外文"；从未收集者，只是散篇而已。至于相关查找编纂之举，则应称为"补遗"或"拾遗"；在作者那一方面，"遗"尚有主动与否之分。

鲁迅说《集外集》所收"也有遗落的","也有故意删掉的",对这两类,他后来都不拒绝收集。但鲁迅也曾强调:"只有几篇讲演,是现在故意删去的。我曾经能讲书,却不善于讲演,这已经是大可不必保存的了。而记录的人,或者为了方音的不同,听不很懂,于是漏落,错误;或者为了意见的不同,取舍因而不确,我以为要紧的,他并不记录,遇到空话,却详详细细记了一大通;有些则简直好像是恶意的捏造,意思和我所说的正是相反的。凡这些,我只好当作记录者自己的创作,都将它由我这里删掉。"(《〈集外集〉序言》)

另有作家"悔其少作",不愿一概收集。以张爱玲为例,早在编辑《传奇》增订本时就明言:"还有两篇改也无从改起的,只好不要了。"(《有几句话对读者说》)以后唐文标"发现"她的一些旧作,她说《连环套》《创世纪》都是"自动腰斩","战后出《传奇》增订本,没收这两篇"(《〈张看〉自序》)。而另一篇《殷宝滟送花楼会》"实在太坏,改都无从改起";至于《华丽缘》《多少恨》,张爱玲则说:"但是这些年来,这几篇东西的存在并不是没人知道,如美国学者耿德华(Edward Gunn)就早已在图书馆里看见,影印了送给别的嗜痂者。"(《惘然记》)此类"存在并不是没人知道"——尤其作者自己故意放弃——的作品,更不宜动辄称为"佚文"。

二〇一〇年一月六日

《鲁迅著译编年全集》答问

问:"鲁迅全集"和鲁迅作品出版已很多,您觉得为什么有必要编一套《编年全集》?

答:以编年体而且是具体系于年月日的方法,来编排一位作家现存的全部日记、创作、翻译、书信,在中国大概还是第一次。正如我们在"凡例"中说的,"本书旨在为读者和研究者提供一部'纵向阅读'鲁迅的文本",具体说来,一是按照时间顺序来读;一是将日记、创作、翻译、书信一并来读。这种读法也许更能体会鲁迅的生命历程。也可以反过来说:假如读者和研究者希望体会鲁迅的生命历程,希望具体详细地了解他的创作轨迹和思想进程,了解他的创作与翻译如何相互影响和补充,以及他私下给朋友信中的说法与公开发表的文字的异同，等等，看看这套书大概有些帮助，或许能发现过去分开看他的创作、翻译、书信、日记，或者只看其中某一部分时，所不曾发现的一些问题。这套《编年全集》，有如一部"鲁迅年谱长编"。鲁迅是二十世纪中国影响最大的作家，值得"纵读"一番。

然而正如"凡例"讲的，这套书"在编辑体例上仅是一种尝试"，无意以此替代此前出版的《鲁迅全集》。《鲁迅全集》先后出版过一九三八年、一九五八年、一九八一年和二〇〇五年几个版本，都是保留"鲁迅自编文集"原貌的编法，在此之外，不妨另有一种编法。就各种已出的《鲁迅全集》而言，一九三八年版虽然有不少遗漏，譬如未收书信、日记，很多佚文也有待日后陆续发现，但它却更接近于"全集"，因为包括了鲁迅的翻译作品和所整理的古籍作品。一九五八年版实际上是"鲁迅创作全集"，此外另出了一部十卷本的《鲁迅译文集》。一九八一年版较之一九五八年版内容上多有补充，编辑思路却是一样的，仍然属于"鲁迅创作全集"。二〇〇五年版是对一九八一年版的修订，整体框架上并无改变。去年出版的

《鲁迅译文全集》,则是从前那套《鲁迅译文集》的修订增补之作。

问:《编年全集》"凡例"称"收录迄今所发现的鲁迅全部作品",请问此书与人文版《鲁迅全集》相比在收文方面有何不同?篇幅是否比人文版要大不少?

答:人民文学出版社"二〇〇五年新版《鲁迅全集》修订概况"称:"根据鲁迅著作的出版规划,将以《鲁迅全集》《鲁迅译文集》《鲁迅辑录古籍丛编》《鲁迅科学论著》来分类整理出版鲁迅的著作。"我们这套书,大概相当于《鲁迅全集》《鲁迅译文集》和《鲁迅科学论著》中鲁迅自己作品的全部,加上《鲁迅全集补遗》中可靠的篇章,以及到《编年文集》付印为止新发现的鲁迅佚作。单就鲁迅创作来说,比二〇〇五年版《鲁迅全集》增补了四十篇左右。另外还收录了鲁迅的全部日文作品。

另一方面,则如"凡例"所说,"鲁迅生前编入自己文集而确系他人所作或由他人代笔者,列为附录"。这包括周作人的四篇文章(原收《热风》)、瞿秋白的十二篇文章(原收《伪自由书》《南腔北调集》《准风月谈》),以及冯雪峰代笔的《答托洛斯基派的信》《论现在我们的文学运动》等。

"凡例"又说:"其余他人之作,包括鲁迅编集时文后所附'备考',概不收入。"这还包括曾收入《鲁迅译文集》和《鲁迅译文全集》的《与支那未知的友人》(周作人译)、《项链》(常惠译)、《以理论为中心的俄国无产阶级文学发达史》(冯雪峰译)、《〈毁灭〉代序——关于"新人"的故事》("朱杜二君"译)、《〈毁灭〉作者自传》(亦还译)、《关于〈毁灭〉》(洛扬即冯雪峰译),以及海尔密尼亚·至尔·妙伦著《小彼得》一书。《小彼得》系许广平所译,曾由鲁迅"大加改译了一通",但是在他自拟的《鲁迅著译书目》中,属于"所校订者",与《二月》(柔石作)、《小小十年》(叶永蓁作)、《穷人》(韦丛芜译)、《黑假面人》(李霁野译)、《红笑》(梅川译)、《进化与退化》(周建人译)《浮士德与城》(柔石译)《静静的顿河》(贺非译)和《铁甲列车第一四——六九》(侍桁译)同归一类,这些都不是鲁迅的著译。《小彼得》署"许霞译",这是许广平的笔名,鲁迅自己从来没有用过。

网上有种说法:"鲁迅全集在建国前早就出版了,建国后再版,据说都被阉割了。"这里可以说明一下。鲁迅生前在报刊上发表的文章的确常遭当局删改,他说:"这删改,是出于编辑或总编辑,还是出于官派的检查员的呢,现在已经无从辨别,但推想起来,改点句子,去些讳忌,文章却还能连接的处所,大约是出于编辑的,而胡乱删削,不管文气的接不接,语意的完不完的,便是钦定的文章。"而他汇集出版时,"将刊登时被删改的文字大概补上去了,而且旁加黑点,以清眉目"(《准风月谈·前记》)。几种《鲁迅全集》,除一九五八年版删去《南腔北调集·〈竖琴〉前记》中"托洛茨基也是支持者之一"一句,而一九八一年和二〇〇五年版又予恢复外,对于鲁迅自己的文字并无其他删改。

鲁迅的译作也曾遭到类似"阉割":他翻译的托洛茨基《亚历山大·勃洛克》一文(作为序文收入胡斅译《十二个》,一九二六年八月北新书局出版),为一九三八年版《鲁迅全集》所漏收,而一九五八版《鲁迅译文集》有意不收。二〇〇八年版《鲁迅译文全集》和我们这套书均已补入。鲁迅其他译作涉及托洛茨基,《鲁迅译文集》都有所删改。这包括D.孚尔玛诺夫著《革命的英雄们》(收入《一天的工作》)中的两处:

"'不是赶走——而是消灭。'那时托罗茨基命令说。"

"到八月底,敌人离古班地方的首都克拉斯诺达尔市,已只四五十启罗密达了。这时便来了托罗茨基。议定许多新的紧急的策略,以排除逼近的危险。后来成了最重要的那一个策略,也就包含在这些里面的。"

以及L.班台莱耶夫著《表》中的一处:

"他们走进一间大厅里。壁上挂着许多像,李宁,托罗茨基。"

《鲁迅译文全集》只恢复了其中一处,另两处一仍其旧。我们这套书一律按原貌印出。

问:书中的每篇文字均要以完成时间排序,但恐怕总有一些文字写作时间难于确定,对此如何处理?某些作品写作时间的考定很费周折吧?

答:"凡例":"收入本书的作品,均依完成先后排列。同一时间项下,以日记、创作、翻译、书信为序;著译作品先小说,后散文、诗歌。能系日者系日,无法系日者系月,无法系月者系年。写作时间未明,则系以初次发表时间,于题目右上方标一星花以示区别。"

鲁迅不少文章篇末署有写作日期，再加上日记、书信的相关记载，他的大部分作品都能系上写作时间。不过有些篇末所署日期，是鲁迅后来编集子时添加的，与日记记载并不一致。譬如鲁迅一九二〇年八月五日日记："小说一篇至夜写讫。"此即《风波》，发表于同年九月一日《新青年》第八卷第一号。收入《呐喊》时，篇末却署"一九二〇年十月"。又如鲁迅一九二七年四月三日日记："作《眉间赤》讫。"《眉间尺》发表于同年四月二十五日、五月十日《莽原》第二卷第八、九期。收入《故事新编》时，改题《铸剑》，篇末却署"一九二六年十月作"。凡此等处，均从日记。又如鲁迅所说，《坟》和《热风》之编集，各出自"几个朋友"之手。收入《坟》中原载《河南》的几篇文章，篇末均署"一九〇七年作"，其中《人之历史》一九〇七年十二月发表于第一号，《摩罗诗力说》一九〇八年二月、三月发表于第二、三号，《科学史教篇》一九〇八年六月发表于第五号，《文化偏至论》一九〇八年八月五日发表于第七号，不大可能都是"一九〇七年作"。《热风》之《智识即罪恶》《事实胜于雄辩》《为"俄国歌剧团"》《无题》《"以震其艰深"》《儿歌的反动》《"一是之学说"》《不懂的音译》《对于批评家的希望》《反对"含泪"的批评家》《即小见大》和《望勿"纠正"》，篇末所署，实际上均为发表日期。除《儿歌的反动》和《反对"含泪"的批评家》外，其余难以考证具体写作日期，为稳妥计，我们将各篇分别系于发表时间。

"凡例"中说"收入本书的作品，均依完成先后排列"，又说"鲁迅对自己的作品每有修改，此次编集，只收录最后定稿"，实际上是以"最终完成"来确定"写作时间"或"发表时间"。譬如鲁迅一九三〇年十二月二十六日日记："夜译《溃灭》讫。"一九三一年九月十五日日记："夜校《毁灭》讫。"我们将《毁灭》的写作时间系于后一时间，而不系于前一时间。又如鲁迅一九二三年十二月二十日日记："夜草《中国小说史略》下卷毕。"同年十二月和一九二四年六月，《中国小说史略》上、下册分别出版。此后鲁迅不止一次改订，于一九三五年六月印行定本第十版。我们既采用《中国小说史略》定稿本，只能按发表时间——最后一次修订的具体时间不详——系于一九三五年六月。

"凡例":"凡能独立成篇者,无拘长短,均单立一题;中、长篇作品,亦一律保持完整,不予割裂。"也来举个例子。鲁迅一九二五年一月二十四日日记:"自午至夜译《出了象牙之塔》两篇。"一月二十五日:"夜译文一篇。"一月二十六日:"下午至夜译文三篇。"一月二十八日:"夜译白村氏《出了象牙之塔》二篇。"二月十一日:"夜伏园来,取译稿以去。"二月十八日:"下午寄伏园信并稿。……译《出了象牙之塔》讫。"此系厨川白村《出了象牙之塔》一书之第一篇《出了象牙之塔》,共十六节,日记提到的"篇"即"节"。该文于一九二五年二月十四日至十八日、二十日至二十一日、二十三日、二十五日、二十八日、三月二日至五日、七日连载于《京报副刊》。虽然有这些线索,但此乃一篇文章,不能拆析,故完整地系于一九二五年二月十八日。

我们一再斟酌,反复讨论,才拟定这套书的"凡例";力求以此贯穿始终,杜绝例外,做到自圆其说。

问:《鲁迅全集》校勘和注释的问题颇受关注,《编年全集》校勘和注释的原则是怎样的?据"凡例",《编年全集》中，日记、书信据手稿影印本校勘、整理。请问，日记、书信为何未直接移用以前出版的《鲁迅全集》或者《鲁迅日记》《鲁迅书信集》呢？

答：从一九五八年版到二〇〇五年版，《鲁迅全集》的几次修订，很大精力花在注释方面。而在我们看来，注释本只是一种有可能帮助读者理解的普及本。我们这套书则是"白文本"，除了"凡例"所说"编者于各篇篇末，对最初发表时间，所载报刊，作者署名（署'鲁迅'者略）及首次收集情况（限于鲁迅自己所编者）略作说明"外，别无注释。

"凡例"："收入本书的著译作品，均以鲁迅生前最后定稿版为底本，未收集者以原载报刊为底本，参校各版《鲁迅全集》及一九五八年版《鲁迅译文集》。某些篇目据手稿录入。日记、书信据手稿影印本校勘、整理。"鲁迅作品虽经多位专家反复校勘，但仍不能称作"定本"，尚存在不少失校之处，有待进一步完善。譬如二〇〇五年版《鲁迅全集》第十二卷，《致章廷谦》（一九二七年七月十七日）中有"因为钟敬文（鼻子傀儡）要来和我合办"一句，核对手稿，"鼻子傀儡"当作"鼻之傀儡"。又如《鲁迅全集》第十七卷，日记一九三六年六月五日项下印作："晴，午得雷金茅信。孟十还赠《密尔格拉特》一本。自此以后，日渐委顿，终至艰于起坐，遂不复记。其间一时颇虞奄忽，但竟渐愈，稍能坐立诵读，至今则可略作数十字矣。但日记是否以明日始，则近颇懒散，未能定也。六月三十下午大热时志。"核对手稿，"自此以后"以下本是另外一段，不应与六月五日所写接排。这种地方，我们都订正了。

问：在编《编年全集》的过程中，您是否有什么新鲜的发现？

答：鲁迅在《〈且介亭杂文〉序言》中说："凡有文章，倘若分类，都有类可归，如果编年，那就只按作成的年月，不管文体，各种都夹在一处，……分类有益于揣摩文章，编年有利于明白时势，倘要知人论世，是非看编年的文集不可的。"要讲"发现"，正在于"明白时势""知人论世"。

且举一例。我曾在一篇文章中说，鲁迅之为中国左翼文学的中坚，他的翻译也许比杂文写作所起作用更大，先是介绍了这方面的理论——包括片上伸著《现代新兴文学的诸问题》，卢那察尔斯基著《艺术论》《文艺与批评》，普列汉诺夫著《艺术论》，以及《文艺政策》等，继而又供给了《毁灭》之类作品。这正是编《编年文集》时体会所得。鲁迅一九二八年四月三日日记："译《思想，山水，人物》迄。"——创造社、太阳社批评他"一面抄着小说旧闻，一面可以把日本首鼠两端滑头政客鹤见祐辅的新自由主义介绍过来"（何大白《文坛的五月》，载一九二八年八月十日《创造月刊》第二卷第一期），然而同年六月二日，鲁迅翻译布哈林的《苏维埃联邦从 Maxim Gorky 期待着什么？》；六月二十日，《奔流》第一卷第一期开始连载鲁迅所译《苏俄的文艺政策——关于文艺政策评谈会速记录》，推想起手移译当在译布哈林文之前。六月五日，鲁迅为《奔流》该期所写编校后记中说："从这记录中，可以看见在劳动阶级文学大本营的俄国的文学的理论和实际，于现在的中国，恐怕是不为无益的。"假如要给鲁迅文学生涯和思想进程的中、后两期划一界线，应该在译完《思想，山水，人物》与开译《文艺政策》之间。

一九二八年八月十日，鲁迅在《文学的阶级性》中说:"我对于唯物史观是门外汉,不能说什么。……我只希望有切实的人,肯译几部世界上已有定评的关于唯物史观的书——至少,是一部简单浅显的,两部精密的——还要一两本反对的著作。"随后他自己努力做了一些工作。一九二九年一月二十日,鲁迅翻译卢那察尔斯基《托尔斯泰之死与少年欧罗巴》,是为所译《文艺与批评》一书中的一篇;二月十四日,译完片上伸《现代新兴文学的诸问题》。所谓"新兴文学",亦即无产阶级文学。四月二十日,所作《〈壁下译丛〉小引》有云:"后面的三分之一总算和新兴文艺有关。"四月二十二日,"夜半译《艺术论》毕"。十月十二日,"夜译《艺术论》毕"。前一种系卢那察尔斯基著,后一种系普列汉诺夫著。鲁迅后来说:"我有一件事要感谢创造社的,是他们'挤'我看了几种科学底文艺论,明白了先前的文学史家们说了一大堆,还是纠缠不清的疑问。并且因此译了一本蒲力汗诺夫的《艺术论》,以救正我——还因我而及于别人——的只信进化论的偏颇。"(《〈三闲集〉序言》)

以上是一方面,另一方面则是鲁迅的文学作品翻译。他先翻译了不少苏联"同路人"之作,如雅各武莱夫的《农夫》(一九二八年十月二十七日译)、伦支的《在沙漠上》(一九二八年十一月八日译)、理定的《竖琴》(一九二八年十一月十五日译)、费定的《果树园》(一九二八年十一月二十日译)、皮里尼亚克的《苦蓬》(一九二九年十月二日译)、扎米亚京的《洞窟》(一九二九年十一月二十九日译)等。鲁迅在为《竖琴》所写附记中说:"……然而在他本国,为什么并不没落呢?我想,这是因为虽然有血,有污秽,而也有革命;因为有革命,所以对于描出血和污秽——无论已经过去或未经过去——的作品,也就没有畏惮了。这便是所谓'新的产生'。"乃是试图通过"同路人"的作品来了解俄国革命;然而又针对《在沙漠上》说:"篇末所写的神,大概便是作者所看见的俄国初革命后的精神,但我们不要忘却这观察者是'绥拉比翁的弟兄们'——一个于十月革命并不密切的文学者团体——中的少年,时候是革命后不多久。现今的无产阶级作家的作品,只一意赞美工作,属望将来,和那色黑而多须的真的神不相类的也已不少了。"可见鲁迅不满足"同路人"之非真的左翼或无产阶级文学家。一九三〇年一月一日,《萌芽》月刊第一卷第一期开始连载鲁迅所译法捷耶夫的《溃灭》(出书时改题《毁灭》)。二月八日,所作《〈溃灭〉第二部一至三章译者附记》赞颂原著"非身经战斗的战士,不能写出",并针对书中"小资产阶级的知识者"美谛克说:"读者倘于读本书时,觉得美谛克大可同情,大可宽恕,便是自己也具有他的缺点,于自己的这缺点不自觉,则对于当来的革命,也不会真正地了解的。"——在同年三月二日出席"左联"成立大会并被选为执行委员之前,鲁迅已经开始为中国文坛奉献"先进的无产阶级作家的作品"了。

二〇〇九年七月二十六日

关于鲁迅翻译的研究

关于鲁迅翻译的研究著作，已有Lennart Lundberg的 *Lu Xun as a Translator: Lu Xun's Translation and Introduction of Literature and Literary Theory, 1903—1936*（一九八九）和王友贵的《翻译家鲁迅》（二〇〇五），新近又有顾钧《鲁迅翻译研究》一书面世。后来者居上，如缕述鲁迅翻译对其创作的影响等，多具创见。而我最感兴趣的，却在另一方面，即如顾著所云："罗著和王著基本没有对翻译的技术层面进行研究，而这是本书准备包括在内的：鲁迅的译作在翻译方法、遣词造句等方面并非一以贯之，而是随着时期的不同、对象的不同而有所变化，对此本书也将给出描述和解释。这其实是传统翻译研究的重点，但由于鲁迅的翻译涉及多种语言以及转译的问题，要想讲清楚语言层面的问题，具有非常大的难度。尽管本书的重点是'文化层面的翻译问题'，但对于这一传统领域也不因为困难而完全回避。"

我自己曾就鲁迅的翻译写过几篇小文章，勉强也算讲的"文化层面的翻译问题"；但"语言层面的翻译问题"，自家实无能力涉及，因此更想听听别人的高见。举个例子，鲁迅以"硬译"闻名，他的不少译作，确实难以卒读，而他当初如此译法的目的，我们倒也了解，可是"硬译"究竟是怎么回事，这一"语言层面的问题"，迄今好像尚未"讲清楚"。在我看来，"文化层面的翻译问题"，基于鲁迅译作本身即可讨论；"语言层面的翻译问题"，则须对比原作，予以分析，鲁迅若从日文或德文转译，则还得用上所据的日译本或德译本。

《鲁迅翻译研究》讲到鲁迅早年所译安德列耶夫的短篇小说《默》，"试比较现在的白话译文"，结论为"两相对照，我们发现，除去因为从第三种文字转译而稍微有所出入外，鲁迅的译文是忠实于原作的直译"；讲到鲁迅晚年所译果戈理的长篇小说《死魂灵》，也是类似比法，结论为"两相对照，我们不难发现，鲁迅的译文除了个别形容词的出入之外，基本是非常忠实的翻译。相比于前期对苏联文学作品和文学理论的'硬译'来，这里句式更加灵活，这也显示了鲁迅对果戈理的文字有更为确切的把握。《死魂灵》的译文不是那样'硬'了"。这法子简便，却未必稳妥，因为先得确认据以比较的鲁民译《沉默》"是忠实于原作的直译"，满涛、许庆道译《死魂灵》"是非常忠实的翻译"——一直"忠实"到与原作相当，然而这是不可能的——上述论断才能成立。我觉得不如直接列举原文为宜。鲁迅翻译《默》，所据德文译本有待查考；翻译《死魂灵》，他曾说明"所用的底本，仍是德人Otto Buek译编的全集"(《〈死魂灵〉第二部第一章译者附记》)，不难找到。

《默》和《死魂灵》系鲁迅从德文转译，德译本与俄文原作之间，本来就有一重"语言层面的问题"；也许还得列出安德列耶夫和果戈理的原文，才能真正搞清诸如"因为从第三种文字转译而稍微有所出入"之类问题。《鲁迅翻译研究》谈到"硬译"，先"试看《艺术论》中的一例"，再"看现代的译文"——郭家申译本，当系直接译自俄文——有云:"鲁迅通过日文转译苏联的文学理论,本来就隔着一层,所以他希望自己的译文至少和日译文没有丝毫出入,这样鲁迅的译文中就难免出现了不少很长而且难解的句子。"恐怕就更需要列举昇曙梦的日译本和卢那察尔斯基的原著了。只有这样对比,才能确知"硬译"到底发生在哪个环节,是原译还是转译。另外一处,讲到鲁迅为许霞(许广平)修改《小彼得》译文,引鲁迅的话说:"凡学习外国文字的,开手不久便选读童话,我以为不能算不对,然而开手就翻译童话,却很有些不相宜的地方,因为每容易拘泥原文,不敢意译,令读者看得费力。这译本原先就很有这弊病,所以我当校改之际,就大加改译了一通,比较地近于流畅了。——这也就是说,倘因此而生出不妥之处来,也已经是校改者的责任。"(《〈小彼得〉译本序》)也要看看至尔·妙伦的原著和林房雄的日译本,才能断言经此一番校改,"最后拿出来的文本全用意译的路径"。

当初批评鲁迅"硬译"者,无论梁实秋之"论敌的恶意攻击",还是瞿秋白之"朋友的善意劝告",好像都没有做过类似比较。瞿氏指正鲁迅所译《毁灭》,系据"莪理契序文里引的原文",鲁迅在回信中提到:"我将'……甚至于比自己还要亲近'译成'较之自己较之别人,还要亲近的人们',是直译德日两种译本的说法的。这恐怕因为他们的语法中,没有像'甚至于'这样能够简单而确切地表现这口气的字眼的缘故,转几个弯,就成为这么拙笨了。"(《关于翻译的通信》)似乎德、日原译为直译,中文再转译就成了硬译了。其间差别,须通晓俄、德、日、中四种文字者才能说明,而真要探讨"语言层面的翻译问题",又非如此做法不可。

鲁迅自己倒是举过一个例子:"务欲直译,文句也反成蹇涩;欧文清晰,我的力量实不足以达之。《小约翰》虽如波勒兑蒙德说,所用的是'近于儿童的简单的语言',但翻译起来,却已够感困难,而仍得不如意的结果。例如末尾的紧要而有力的一句:'Und mit seinem Begleiter ging er den frostigen Nachtwinde entgegen, den schweren Weg nach der grossen, finstern Stadt, wo die Menschheit war und ihr Weh.'那下半,被我译成这样拙劣的'上了走向那大而黑暗的都市即人性和他们的悲痛之所在的艰难的路'了,冗长而且费解,但我别无更好的译法,因为倘一解散,精神和力量就很不同。然而原译是极清楚的：上了艰难的路，这路是走向大而黑暗的都市去的，而这都市是人性和他们的悲痛之所在。"(《〈小约翰〉引言》)我所说的比较法大率类此，当然还应写出望·蔼覃的荷兰文原作，并且详加解释。

二〇〇九年七月十三日

关于苦雨斋

"苦雨斋"是周作人的书房的名字,别人也以此称他所住的北京西城八道湾十一号,以及他这个人。我所感兴趣的是,这院子里到底哪儿是"苦雨斋",其间有何变迁。

周作人去世后,梁实秋作《忆岂明老人》(载一九六七年九月《传记文学》第十一卷第三期)有云:"我在清华读书的时候,有一次代表清华文学社进城到八道湾周寓,请他到清华讲演。八道湾在西城,是名符其实的一条弯曲的小巷。进门去,一个冷冷落落的院子,多半个院子积存着雨水,我想这就是'苦雨斋'命名的由来了。临街一排房子算是客厅,地上铺着凉席,陈设简陋,我进入客厅正值鲁迅先生和一位写新诗的何植三君谈话,鲁迅问明我的来意便把岂明先生请出来见我。"一九二二年十月二十二日周作人日记："下午……梁实秋君来约为清华文学社讲演。何植三君来。"

梁氏还说："二十三年我到北京大学，和岂明先生同在一个系，才开始过从。我到他家去访问，不再被迎入临街的那个客厅，而直接进入二门到上房落座了。那上房是一明两暗，明间像是书库，横列着一人多高的几只书架，中西书籍杂陈，但很整洁。右面一个暗间房门虚掩，不知作什么的。左面一间显然是他的书房，有一块小小的镜框，题着'苦雨斋'三字，是沈尹默先生的手笔，一张庞大的柚木书桌，上面有笔筒砚台之类，清清爽爽，一尘不染，此外便是简简单单的几把椅子了。照例有一碗清茶献客，茶具是日本式的，带盖的小小茶盅，小小的茶壶有一只藤子编的提梁，小巧而淡雅。永远是清茶，淡淡的青绿色，七分满。房子是顶普通的北平式的小房子，可是四白落地，几净窗明。"

梁实秋后来又写了《忆周作人先生》(收《看云集》，志文出版社一九七四年三月)，说法却有不同，谓其第一次来到八道湾周寓，"我被引进去，沿着南房檐下的石阶走进南屋。地上铺着凉席。屋里已有两人在谈话,一位是留了一撮小胡子的鲁迅先生,另一位年轻人是写小诗的何植三先生。鲁迅先生和我招呼之后就说:'你是找我弟弟的,请里院坐吧。'里院正房三间,两间是藏书用的,大概有十个八个木书架,都摆满了书,有竖立的西书,有平放的中文书,光线相当暗。左手一间是书房,很爽亮,有一张大书桌,桌上文房四宝陈列整齐,竟不像是一个人勤于写作的所在。靠墙一几两椅,算是待客的地方。上面原来挂着一个小小的横匾,'苦雨斋'三个字是沈尹默写的。斋名苦雨,显然和前院的积水有关,也许还有屋瓦漏水的情事,总之是十分恼人的事,可见主人的一种无奈的心情。"

据此,则"里院正房三间"一九二二年已经成了周作人的书房。这显然有误,当时那里分别住着鲁瑞与朱安。回忆录不可尽信,且作者年纪越大,记忆越模糊,此其一例。《忆岂明老人》讲"我想这就是'苦雨斋'命名的由来了",也是把后来的事往前移了,那会儿还没有"苦雨斋"这名目呢。

周作人提到"苦雨",首见于一九二四年七月十七日以此为题的文章。其中说:"前天晚间据小孩们报告,前面院子里的积水已经离台阶不及一寸，夜里听着雨声，心里胡里胡涂地总是想水已上了台阶，浸入西边的书房里了。好容易到了早上五点钟，赤脚撑伞，跑到西屋一看，果然不出所料，水浸满了全屋，约有一寸深浅，这才叹了一口气，觉得放心了；倘若这样兴高采烈地跑去，一看却没有水，恐怕那时反觉得失望，没有现在那样的满足也说不定。幸而书籍都没有湿，虽然是没有什么价值的东西，但是湿成一饼一饼的纸糕，也很是不愉快。现今水虽已退，还留一种涨过大水后的普通的臭味，固然不能留客坐谈，就是自己也不能在那里写字，所以这封信是在里边炕桌上写的。"一九二四年七月十五日周作人日记："大雨后霁，傍晚又雨，彻夜不止。"七月十六日日记："上午庭中积水及尺，客室中亦浸水寸许，下午始退，庭中仍未退尽。"

其时周作人住后院北屋，所谓"前面院子"即中院，"苦雨"者即此三间西屋也。周家刚迁入八道湾十一号时，鲁迅曾在此居住，以后他搬到前院前罩房，中院西屋改为书房兼客室。一九二三年七月十九日周氏兄弟失和，八月二日鲁迅夫妇搬走。一九二四年六月十一日下午，鲁迅来取"书及什器"，"比进西厢，启孟及其妻突出骂詈殴打",也发生在这里。

周氏那番"苦雨",尚有下文。一九二四年八月二日周作人日记:"下午玄同来访,阻雨,晚留宿客室。"——据所作《读〈初潭集〉》追述:"次晨见面时玄同云,夜间室内似有人步声,何耶。我深信必无此事,以为当是幻觉,及客去收拾房间,乃见有大蛤蟆一只在床下,盖前此大雨时混入者也。尹默闻之笑曰,玄同大眼,故蛤蟆来与晤对耳,遂翻敬亭山诗咏之曰,相看两不厌,蛤蟆与玄同。"

周作人后来说:"在民国十三年和二十七年,院子里的雨水上了阶沿,进到西书房里去,证实了我的苦雨斋的名称。"(《雨的感想》)一九二六年六月五日周氏致信俞平伯,已提到"苦雨斋":"偶与凤举说及,风声又紧急了,拟招前次在'苦雨斋'吃酒而逃去的人们(凤,平,原,唯玄同恐未能再来,因正在当'看护夫')来夜谈,凤举表示赞成,不知你同绍原能来否?"同年八月二十七日作《耍货》,首次公开署"于北京苦雨斋"。

一九二四年五月二十五日,鲁迅由砖塔胡同迁居西三条,鲁瑞究竟何时移居此处,周氏兄弟日记均无记载。同年六月八日鲁迅日记尚云:"晨母亲来。"估计起初仍如鲁迅在砖塔胡同时那样常来暂住，终至定居。此后周作人将八道湾十一号中院北屋辟作书房。周氏一九二七年七月二十九日致信江绍原，末署"于苦雨斋南窗下"。"南窗"即南向的窗子，当指北屋，是乃该处亦称"苦雨斋"了。然北屋地基颇高，有四级石阶，实无淹水之虞，并不"苦雨"。

周作人一九三〇年九月十五日作《春在堂所藏苦雨斋尺牍跋》之二，署"于煅药庐"。同年十月六日致信俞平伯云："顾氏《文房小说》中唐庚《文录》云，'关子东一日寓辟雍，朔风大作，因得句云，夜长何时旦，苦寒不成寐，以问先生云，夜长对苦寒，诗律虽有剿对，亦似不稳。先生曰，正要如此，一似药中要存性也。'觉得此语颇佳，今日中秋无事，坐萧斋南窗下，录示平伯，不知以为何如，但至少总可以说明近日新取庐名之意思耳。只是怕人家误作崔氏瓣香庐一流，来买药剂也。"末钤"煅药庐"印章。一九三一年一月九日致信俞平伯云："承书庐额，已在后边加上题识，不日即付装池。"

康嗣群《周作人先生》（载一九三三年十一月一日《现代》第四卷第一期）云："苦雨斋在故都的西北，是一个低洼所在,一进门便下台阶,其低洼已可想见,对着门便是一棵很大的白杨,随时都哗哗的在响,好像在调剂这古城的寂寞似的,院子里老觉得是秋天。在被称作侧座的房里,悬着平伯君所写的'煆药庐',很娟秀的一笔字,正如其人。院子里遍种各样的树木,便是仅留着的四条甬道,也被树荫遮着,枝头的花常拂着行人的头。走进去,中间的正房便是苦雨斋。三间屋子里全藏的书,正中间屋子里还保存着一个北方特有的炕,炕上除了炕几外还有一个很美丽的灯笼,正中悬着若子女士的像,那便是先生的爱女。左边屋里挂着那幅满幅雨气的'苦雨斋'横幅,是沈尹默先生写的。屋子里很寂静,夏天老是那样绿荫荫的,再加上户外的白杨响,便使你老觉得在下雨一般。这便是翁读书写作并且会客的地方,冬天便连会客也都在后面的围房里了,那便是先生的居处。斋中书架上放着一块砖,那便是凤凰砖。"康氏较梁实秋首次到此"正房""上房"为早。所云"侧座",即中院西屋,"煆药庐"匾额挂于此处;他在北屋看到沈尹默书"苦雨斋",一如梁实秋所见者。

茜频(贺逸文)《小品散文家周作人》(载一九三五年

十月十九日至十一月一日《世界日报》)所言与康嗣群相近:"周的住处,苦雨斋,在北平的西北,是一个低洼的所在,大门是一个旧式的大木门,必须要推动底下的小石轮,才能开闭。二门也很大,并且有一个小门,当我进去的时候,大门都是闭着的,阍人从小门进去后,我在外面等待着他开大门,哪知他里面望着我不动,我明白了他的意思,也就弯着腰进去,虽然我不是一个身量很高的人。一进门便下台阶,可以想见那个地方的低洼。对着门是一棵很大的白杨,像这样秋天,是它最得意的时候。院子里遍种各样的树木,仅只留着四条甬道,也被树荫遮着,我被阍者领导穿过这些树荫,而踏进北屋。首先触入我眼帘的便是中间屋子大炕,这是北方特有的东西,除了炕几以外,还有堆着许多小玩艺儿。正中悬着一个女子的像,据说便是周氏爱女若子女士的像,这里也有些西式的桌椅,但是我并不去注意它。西边屋里挂着充满了雨气的'苦雨斋'横幅,便是驰名文坛的'苦雨斋'。'斋'房共是三间,藏满了中文日文及西文书籍。这里也有西式沙发桌椅,所以我想许是周氏的书房兼客厅,不过这里的清静幽闲,同几净窗明的境地,很可以使人留恋的。当我到南屋去打电话请一个同事来照相时,在那里看见'煨药庐'的横幅。这里也是三间房,外面两间是用屏风隔开的,里面的一间,也有沙发同书桌的陈设,也许是另外会客的地方。在中间屋子的角落里放着一个衣架,挂着女服,那么里边屋子里,一定是住着女眷的了。不过这里给我们的印象,也是'净几明窗'同'清净幽闲',诚如周氏自己所说的,'不啻为化外之地'了。"这里"南屋"当为"西屋"之误,即康文所谓"侧座"也。

一九三七年一月朱光潜主编《文学杂志》,常风任编辑助理,职司之一是联系包括周作人在内的各位编委。其《记周作人》(收《逝水集》,辽宁教育出版社一九九五年十月)中所述"苦雨斋"之印象,则又在梁实秋之后:"周作人一般是在苦雨斋接待客人,有时也在西厢房待客。苦雨斋是周作人的书房,'苦雨斋'三字系沈尹默手书在一条横幅上,加以裱糊,嵌在一个木框里,摆在桌子上。可能是因为院子的下水道不好,一下雨满院子都是水,故周作人以'苦雨斋'名其书房。苦雨斋是典型的中国旧式房子,很高大宽敞,室内藏书很多,装帧讲究,都整整齐齐摆放在带有玻璃门的书柜中,苦雨斋似乎并没有悬挂什么字画。"

沈书"苦雨斋"虽已挂在北屋,周作人却仍以此称中院西屋。一九三八年五月八日作《读袁中郎〈解脱集〉》,署"晨书于旧苦雨斋东窗下"。一九三九年二月四日题《初潭集》,则云:"久欲得《初潭集》,畏其价贵不敢出手,去冬书贾携一册来,少敝旧而价不出廿元,颇想留之。会玄同来谈,又有生客倏至,乃属玄同且坐苦雨斋北室,即前此听蛤蟆跳处,今已铺席矣,可随意偃卧,亦良便利也。比客去,玄同手《初潭集》出曰,此书大佳,如不要勿即退还。——盖自欲得之也。"

一九三九年一月一日,"那天上午大约九点钟,燕大的旧学生沈启无来贺年,我刚在西屋客室中同他谈话,工役徐田来说天津中日学院的李姓求见,我一向对于来访的无不接见,所以便叫请进来。只见一个人进来,没有看清他的面貌,只说一声,'你是周先生么'?便是一手枪。我觉得左腹有点疼痛,却并不跌倒,那时客人站了起来,说道:'我是客。'这人却不理他,对他也是一枪,客人应声仆地。那人从容出门,我也赶紧从北门退归内室,沈启无已经起立,也跟了进来"。周氏后将这一事件说成"不曾在日军刺客光临苦雨斋的那时成为烈士"(《知堂回想录·元旦的刺客》)。

周作人最后一次署"记于苦雨斋"的文章,是一九四二年五月十六日作《钱写本〈说文管窥〉后记》。此前此后,他的书房又有"右安书屋"(仅一九二七年十月十日为哑水《旅汉杂感》所作按语一见)、"苦茶庵"(首见于一九三二年二月十五日作《春在堂所藏苦雨斋尺牍跋》之三)、"苦竹斋"(仅一九三五年八月二十五日作《〈苦茶随笔〉序》一见)、"苦住庵"(首见于一九三七年四月二十九日作《谈过癞》)、"药草堂"(首见于一九三八年八月十四日作《药草堂记》)、"十药草堂"(仅一九四四年十月十五日作《杨大瓢日记》一见)、"东郭书塾"(仅一九四四年十二月三十一日作《女人的禁忌》一见)等名。一九三八年二月二十日作《读〈东山谈苑〉》,署"灯下记于苦茶庵西厢",似乎"苦茶庵"有如"苦雨斋",并不限于一处。周氏出版有《苦茶庵笑话选》(北新书局,一九三三年十月)和《苦雨斋序跋文》(天马书店,一九三四年三月),其以书房冠书名者,唯此二种。又,"知堂""智堂"虽是他的"别号",但一九三六年三月十日作《王锡侯〈书法精言〉》署"于北平知堂",

一九三六年六月十一日作《谈鬼论》署"于北平之智堂"。此外又有"凤凰砖斋",见刘半农《题双凤凰砖》(载一九四四年四月五日《人间世》第一卷第一期):"昔苦雨老人得一凤凰砖,甚自喜,即以名其斋。"周氏所著《永日集》,原拟名"凤凰砖斋随笔"。他还有"永明专斋""沐禅堂印"等印章。周氏谈及"苦住庵"有云:"虽然这与苦茶同是一庵,而且本来实在也并没有这么一个庵。"(《〈桑下谈〉序》)别的名字,大概亦无实指。

周作人儿媳张菼芳告诉我,一九四〇年她与周丰一结婚,住在中院西屋,即原来的"苦雨斋"。周作人夫妇住中院北屋。北屋原为三间,四十年代初东西各扩出一小间,其东侧二间连通,设榻榻米,称"日本间";中间二间为客厅,最西一间置线装书。

一九四四年冬纪果庵来京,所作《北游记》(载一九四四年四月一日《古今》第四十三、四十四期合刊)有云:"于削面北风中两次访谒知堂老人,苦茶庵有与先生散文一样清净无尘的风格。可惜我未得机会到书室去谈,客厅中书并不多,只有书道全集之类的大部头书,仿佛是摆在那里而不是看的。此外则有画像一帧,极为神似,又晋砖数事,殆即无端所玩之骨董欤,也很使我注意。……第二次去乃是旧历的正月初二,和杜南星兄一同去的,南星说他有两年不到苦雨斋了,他也是一位畸人,天才的诗家,有回胡兰成先生同我说,只要能写出南星在《文学集刊》所作的《流水外二章》那样的诗一两首就很知足了,可以证明此公被人倾倒的程度。这回苦雨斋可真热闹,恰合高朋满座一句话,大约都是为贺年而来的,玩弄着小型旱烟管的赵憩之兄,说话总是那么风趣,还有徐祖正先生,比去年春天在南京会面时似稍胖了,后来启无兄同词曲家郑英伯先生也来了,人太多,椅子不足,我们遂提前告辞。"这里说的已是改建后的"苦雨斋"了。

张菼芳告诉我,一九四五年十二月五日夜周作人被捕,羽太信子只在一九四九北平解放前后很短一段时间内住过八道湾十一号中院北屋。一九四九年十月十八日周作人回家后,夫妇一直住在后院北屋西侧三间。世间已无"苦雨斋"。

不过访客或仍以此称呼周作人后来的住处,如王士菁《关于周作人》(载一九八五年八月《鲁迅研究动态》第四期):"我和他多次接触都是在后院的苦雨斋里。这是一排座北朝南的相当简陋的平房，门前是一个狭长的天井，地势是西面高而东面低，阴天落雨，雨水从西往东流，流到东头两间房子门前便停蓄在那里，这曾经是鲁迅描写过的《鸭的喜剧》的背景。……他的苦雨斋里，没有任何豪华的陈设，甚至令人觉得有点寒伧，真是一个'寒斋'。一张不大的四方桌靠在玻璃窗下，几把硬背椅子放在两旁，一个低矮的旧书架上放着他自己的著作，简单到不能再简单了，如此而已。"徐淦《忘年交琐记》(收《闲话周作人》，浙江文艺出版社一九九六年七月)则云："前院正中三大间住着解放军的一个排，每天清早在院子里吹号升旗。丰一君夫妇儿女住三间厢房。知堂夫妇住第二进正屋，中间立着个炉子，右侧老两口的卧室铺着榻榻米，知堂就盘着双腿在窗口的小几上爬格子。左侧便是苦茶庵，靠两壁全是书柜，右边是一张方桌、两把椅子、一个茶几。"周作人一九六四年七月十一日题印谱云："苦雨斋早已废弃……苦茶庵之名则尚沿用耳。"虽然讲的印章，但亦可证明徐说较为恰切，唯所云"前院"，实为中院。

周作人一九六一年十二月二十八日致信鲍耀明："翻检故纸，于其中得沈尹默君写的'苦雨斋'匾额，原有两枚,其一已裱装从前挂在屋内,经乱已经散失,此一幅未曾裱好,现今斋已不存(已改造现由小儿居住),无所用之,拟以奉赠,当另封寄上。此系大约三十年前之物,其时沈君尚未成为海上书家,其字似更有其趣,请察阅,未知以为如何。"鲍耀明《难忘的北京新街口八道湾十一号》(载二〇一〇年五月《鲁迅研究月刊》第五期)云:"信内所述这幅'未曾裱好'的'苦雨斋'匾额,目前则悬于多伦多舍下墙壁上。"

二〇一〇年六月二十六日

《周作人散文全集》琐谈

将近二十年前,我读一本关于周作人的书,见书末所列"参考书(篇)目",第一项是"周作人全部著作",颇感讶异。时至今日,那些确实散失的不算,周氏保存下来的著作——或者退一步讲,他的散文——我们仍然很难一下子全部读到,因为有些尚未发表,有些虽登载过,当时的报刊却遍寻不着。最近面世的《周作人散文全集》,虽然比以往的周氏各种"集"都"全",但也只是相对而言。

周作人遗著分"集内""集外"两部分。前者即所谓"自编文集",包括周氏身后陆续印行的《知堂回想录》《老虎桥杂诗》《木片集》和《近代欧洲文学史》;末一种发现较晚,我经手的那套《周作人自编文集》未及收入。

后者则有陈子善编《知堂集外文：亦报随笔》（一九八八年）、《知堂集外文：四九年以后》（一九八八年）和陈子善、张铁荣编《周作人集外文》（一九九五年）。其后钟叔河所编《周作人文类编》（一九九八年），对"集外"部分有所补充；"集内"部分则囊括"自编文集"中除《欧洲文学史》《近代欧洲文学史》《过去的生命》《中国新文学的源流》《老虎桥杂诗》《鲁迅的故家》《鲁迅小说里的人物》《鲁迅的青年时代》和《知堂回想录》之外的各种，以及译文集《冥土旅行》。《周作人散文全集》与《周作人文类编》相比，除编法不同外，"集外"部分新有补充，"集内"部分则多收《中国新文学的源流》《鲁迅的故家》《鲁迅小说里的人物》《鲁迅的青年时代》和《知堂回想录》五种，再加上《如梦记》《希腊女诗人萨波》两种译作。

《周作人散文全集》"集外"部分的补充，应该看作从上述三种《集外文》到《周作人文类编》"辑佚"工作的继续。举个例子：据周作人日记，一九六二至一九六四年间，他共著译文章八十余篇，寄到香港，当地报纸只发表了一半左右，余稿中的一部分，《周作人散文全集》第十四卷特辟作一辑。编者云："从《敝帚自珍》至《诗与真实》二十一篇，是周作人最后的作品，寄往海外，未及刊布，他便去世了。现据鲍耀明、罗孚两先生提供的手稿复印件收录，统称'存稿'。"这批文章未见于《知堂集外文：四九年以后》；以后陈子善编《如梦记》（一九九七年），选取了其中四篇；全部二十一篇，均收进《周作人文类编》，但散在各卷；《周作人散文全集》则归并一处。不过这未必是周氏"最后的作品"。对照日记，至少可以确定其中几篇的写作时间。如：一九六二年五月三十日，"上午……试译野间宏小文，下午二时了，共约二千字"。即《收集佛教书》。一九六三年三月十七日，"下午译青木小文"。三月十八日，"下午少译小文"。三月十九日，"下午……译小文颇多"。三月二十日，"上午托丰一寄罗承勋稿件。……译小文"。三月二十一日，"下午……译青木小文了，即寄予罗君"。即《肴核》《鱼鲙》。三月二十三日，"上午……译山路闲古小文《普茶料理》，成其大半，晚□译了，共二千七百字"。三月二十五日，"上午托丰一寄……罗承勋稿件"。五月八日，"上午作小文，关于驮果子者。……下午写文了，即寄予罗承勋"。即《陆奥地方的粗点心》。八月十三日，"下午又另写

《果子与茶食》，未了"。八月十四日，"上午……续写小文，至下午了"。八月十五日，"上午丰一为寄承勋信并稿件"。十月二日，"译《妓女对话》一篇为小文，即抄了"。十月三日，"上午寄潘际坰稿件"。即《希腊小喜剧》。一九六四年四月十三日，"上午写小文，至下午了。系记木村义乔者，其人盖《缀方教室》著者丰田正子师也，因加太文乃始知之"。四月十四日，"上午为寄潘际坰稿件"。即《无名的先觉》。日记提到的"推重汉字的旧论""说缀方教室的事""关于添田哑蝉坊之演歌者""说日本一月中年中行事"等作，或已亡佚。

《周作人散文全集》新收录的"集外文"，第一卷有《民族之解散》《个性之教育》《共和国之盛衰》《论社会教育宜先申禁制》《国民之自觉》《征求旧书》，第五卷有《从小乘戒到大乘戒》（松本文三郎作），第六卷有《指鬘故事的进化》（松本文三郎作），第八卷有《〈樱花国歌话〉小序》《〈枝巢四述〉序》，第九卷有《闲话并耕》，第十二卷有《〈在奥利斯的伊菲革涅亚〉译者序》、《欧里庇得斯传略》（残稿）、《十山笔谈》、《忒修斯的故事》，第十三卷有《〈绍兴儿歌集〉小引》《〈希腊神话〉引言》，

第十四卷有《赫剌克勒斯的故事》，等等，另外还增添了一些书信、题跋。——陈子善、钟叔河诸位多年搜求后，还能补充这些，已很不易。尽管还有遗漏，譬如《孙伏园译〈呆子伊凡的故事〉附记》（载一九二〇年九月一日《新潮》第二卷第五号）、《穆敬熙译〈自私的居人〉附记》（载一九二一年十月一日《新潮》第三卷第一号）、《龙是什么》（未发表）、《〈圆目巨人〉引言》（辛蒙兹与廷柏雷克作）、《俄底修斯与波吕菲摩斯》（佛雷仄作）、《〈在奥利斯的伊菲革涅亚〉编者引言》（赫德作）、《〈在奥利斯的伊菲革涅亚〉说明》（以上四篇在《欧里庇得斯悲剧集》中）、《"东亚文化协议会"为何物？》（载一九九九年《文史资料选辑》总第一百三十五辑）等。又，周氏一九六六年二月十日致徐訏信（载一九六八年一月香港《笔端》第一期）相当重要，《周作人散文全集》既涵盖书信，亦应收入。

话说至此，涉及《周作人散文全集》的体例。卷首"编辑说明"讲"本集所收周作人散文作品"，又讲所收译文、书信、日记等"都严格限制在'散文'范围之内"，也许应该对"散文"做一界定。查《现代汉语词典》，"散文"或指不讲究韵律的文章（区别于"韵文"）；或指除诗歌、戏剧、小说外的文学作品，包括杂文、随笔、特写等。以后者论，《周作人散文全集》搀杂有小说，如《好花枝》《女猎人》《老什诺思》《闺情》《同命》《江村夜话》（以上第一卷）、*Vita Sexualis*（第五卷）、《巴斯妇人的故事》（第六卷）等；有戏剧，如《希腊拟曲二首》（第一卷）、《乡间的老鼠和京都的老鼠》《乡鼠与城鼠》《老鼠的会议》（以上第三卷）；还有诗歌，如《古诗今译》（第一卷）、《波特莱耳散文小诗》（第二卷）等，第二卷中《小河》一篇，更给改了面目："这篇无韵的散文诗未收入自编散文集，而收入了诗集《过去的生命》，有的句子本没有分行，这次则只分节，不分行。"作者原来明明讲过"现在却一行一行的分写了"。复以前者论，不讲究韵律的文章收录得又不齐全。

另一方面，既然收入《希腊神话诸神世系》（第九卷），何以不收录整本《希腊神话》；既然收入《冥土旅行》（第二卷）、《论居丧》（第五卷）、《宙斯被盘问》（第十四卷），何以不收录整本《路吉阿诺斯对话集》呢？或者说此集只取单篇，不取专书，但是《如梦记》《希腊女诗人萨波》却又全本俱在。而且，既然收入《希腊女诗人萨波》,也可收录《希腊的神与英雄》,乃至《枕草子》《古事记》。同样,既然收入《中国新文学的源流》,也可收录《欧洲文学史》《近代欧洲文学史》。

《周作人散文全集》系编年体,较之《周作人文类编》,读来方便许多。然"编辑说明"所云"均依写作(始刊)时间顺序",亦有不易擘画处:一篇文章"写作"与"始刊"容有时差,可能不在一年,甚至相差更远,假如两种时间都明确,首选何者,全书似乎应该一律。

此外个别文章系年或可商榷。如第八卷,《致周黎庵》一篇,作者只署"五月廿七日",编者标"一九四〇年五月二十七日作",然看此信内容:"鄙人此一年来唯以翻译为业,希腊神话已写有二十余万字,大约至秋间可以毕事矣。以后拟再译别的希腊作品,赫洛陀多斯怕太多,故暂定选取路吉亚诺斯也。下学年功课,只有燕大友人为接洽,大约可有四小时,不能当作生计,但有此则可以算不是失业而已。鄙人个人行止所可以奉告者仅此,《大阪每日》所载不知何事……"可断定写于一九三八年。

第九卷,《小说的回忆》标"一九四五年四月作",《报纸的盛衰》标"一九四五年五月作",前一文引用作者自己写于南京狱中的诗,后一文提到金圆券,肯定不是一九四五年的作品。又《孔融的故事》标"一九四五年三月作",也缺乏依据。此文一九四九年二月载《好文章》第四集,署名"孟开舟",与《周作人散文全集》系于一九四九年的《希腊运粮记》《谈胡俗》刊于同一期。以上三篇曾编进《知堂乙酉文编》一书。我从前写《乙酉文编考》,谈过此书中混有乙酉(一九四五)年之后所作。

第十二卷,《关于伊索寓言》编者注:"本文当完成于校阅校样之时,即一九五四年十二月二十三日,并未另行署名,显系为译本出版而作,但当时却未能用上。"据周作人日记,一九五〇年五月十一日,"写《关于伊索寓言》一文未了"。五月十二日,"下午写前文了,约二千七百字"。查人民文学出版社一九五五年二月第一版《伊索寓言》,收有"附录 关于伊索寓言",署名周启明。

第十四卷,《关于清少纳言》标"一九六五年十月作",据周作人日记,一九六一年一月十三日,"上午写《关于清少纳言》小文"。

《中国新文学的源流》的系年,亦稍可议。先来抄录周氏相关日记:一九三二年二月二十五日,"下午三时应兼士之约，往辅仁大学讲演，五时了，即返"。三月三日，"下午三时往辅仁讲演，五时回"。三月十日，"下午三时往辅仁讲演第三次，五时返"。三月十七日，"三时往辅仁讲演第四次"。三月三十一日，"下午三时往辅仁大学第五次讲演"。四月十四日，"下午往辅仁第六次讲演"。四月二十一日，"下午三时往辅仁讲演第七次"。四月二十八日，"下午往辅仁大学讲演第八次"。六月十七日，"下午为邓恭三君校阅辅仁讲演，即为送交静农转交"。七月十七日，"上午邓恭三君来访，留下讲演稿一册"。七月二十四日，"重校讲稿了"。七月二十五日，"以讲稿送交慧修"。周氏共讲八次，邓恭三（即邓广铭）所整理的笔记厘为五讲。编者将五讲分别系于该年二月二十五日、三月三日、三月十日、三月十七日和三月三十一日，如此则不知后来三次讲什么了。

　　近年来周作人研究的某些成果，惜未为编者所采用。周作人一九〇四年和一九〇五年日记中用过别号"顽石"，以后又在《知堂回想录·我的笔名》中提及此事。一九一〇年至一九一一年《绍兴公报》上有署名"顽石"的一批文章，《周作人集外文》《周作人文类编》皆予收录，现又编进《周作人散文全集》第一卷。然而汪成法《周作人"顽石"笔名考辨》一文（载《湖南人文科技学院学报》二〇〇七年第一期），已考证《绍兴公报》的作者"顽石"并非周氏。

第八卷有《新光抄》一辑，编者注："自本篇至《流寇与女祸》凡十篇，皆一九四〇年所作，陆续刊于《新光》杂志，多谈妇女问题，收入《药堂杂文》集时单独作为'第二分'。《新光》未得见，现据《药堂杂文》，由编者推定写作月份，并援《明珠抄》之例称为《新光抄》。"其实谢其章《〈新光〉杂志中的周作人文章》一文（载《鲁迅研究月刊》二〇〇六年第四期），已列出《新光》杂志所载周氏各篇文章的具体时间和期号。据此可知，编者推定的写作月份以及"新光抄"这名目似不确当。

二〇〇九年六月二十日

"周作人传统"与文载道

有论家提出:"在当代文学里,存在着周作人的一个传统。"所说"文学",大概是指散文。依通常的文学分期法,"当代"之前有"现代";假如周作人——他的散文创作生涯兼跨此二"代"——真的留下一个"传统",好像不该在当代突然冒出来,我们不妨再往现代寻觅一番。

首先也许想到所谓"苦雨斋四大弟子"。就中沈启无编书、写诗,偶作散文,不成气候。其余三位,周作人虽然"平常称平伯为近来的一派新散文的代表,是最有文学意味的一种"(《〈燕知草〉跋》);又"觉得废名君的著作在现代中国小说界有他独特的价值者,其第一的原因是其文章之美"(《〈枣〉和〈桥〉的序》);还说"绍原的文章,又是大家知道的,不知怎地能够把谨严与游戏混和得那样好,另有一种独特的风致,拿来讨论学术上的问题,不觉得一点儿沉闷"(《〈发须爪〉序》),但俞平伯最出名的抒情散文如《桨声灯影里的秦淮河》《陶然亭的雪》《西湖的六月十八夜》等,废名的小说《桃园》《枣》《桥》和《莫须有先生传》等——周作人在《志摩纪念》里说"平伯废名一派涩如青果",在《中国新文学的源流》里说"和竟陵派相似的是俞平伯和废名两人,他们的作品有时很难懂,而这难懂却正是他们的好处",都是将废名的小说与俞平伯的散文相提并论——实在与周作人自家写的散文并无相似之处,有论家认为,"在他影响下,形成了包括俞平伯、废名等作家在内的散文创作流派",对此我不敢苟同。江绍原的《发须爪:关于它们的迷信》无疑受了周作人的启发,但只能说彼此趣味相投,以文章论显然别是一路。周作人说:"世间传说我有四大弟子,此话绝对不确。俞平伯江绍原废名诸君虽然曾经听过我的讲义,至今也仍对我很是客气,但是在我只认作他们是朋友,说是后辈的朋友亦无不可,却不是弟子,因为各位的学问自有成就,我别无什么供献,怎能以师自居。"(《文坛之分化》)此虽系就"学问"而言,移过来讲文章写法亦无不可。倒是废名的散文——特别是周作人《怀废名》讲的"《人间世》时代"和"《明珠》时代"所作——与周氏的散文颇有神似之处,已臻废名讲的"散文之极致大约便是'隔'"(《关于派别》)的境地。可是废名于散文"可惜不曾更多所述著",当时亦未汇集出书,不免为其小说的光芒所掩。

周作人又说:"我自己知道所有的单是我的常识与杂学,别无专门,因此可以写文,却不宜于教书,我曾教过希腊罗马欧洲文学史,日本江户文学,中国六朝散文,佛典文学,明清文,我讲了学生听了之后便各走散,我固无所授,人家也无所受,但以此因缘后来也有渐渐来往的,成为朋友关系,不能再说是师徒了。"(《关于老作家》)这话仍可移过来讲文章写法。所谓"传统",大概当从"授""受"关系考虑,只不过"授"或无心,"受"却有意罢了。中国现代散文史上,真正有意接受周作人的影响的,乃是四十年代沦陷区的一批作者。其中成绩最大,地位最高的是文载道和纪果庵。在耿德华(Edward M. Gunn)有关沦陷区文学的权威著作《被冷落的缪斯》

中，有关散文一章共三节,"周作人""上海散文作家""文载道和纪果庵"各居其一。要讲"周作人传统",不能忽略这两位。此外,还有柳雨生、周黎庵、谢刚主以及用"南冠""楮冠"之类笔名发表文章——作者后来声明系为了"从敌人手中取得逃亡的经费"——的黄裳等。他们的作品,见载南京、上海的《古今》《杂志》《风雨谈》《天地》等杂志。

文载道和纪果庵学的是周作人的中期作品,即《夜读抄》之后所作。周作人说:"不佞只能写杂文,又大半抄书,则是文抄公也。"(《〈苦竹杂记〉后记》)文、纪二位亦以"文抄公"自居。相比之下,文载道更"像"周作人。若讲"周作人传统",大概没人像他这样学法,而且学到这样程度的了。他的两本集子《风土小记》(太平书局一九四四年六月出版)和《文抄》(新民印书馆一九四四年十一月出版),不仅常常袭用周作人的题目,如周有《谈关公》,文也有《谈关公》,周有《关于阿Q》,文也有《关于阿Q》,周有《日记与尺牍》,文有《谈日记》,周有《骨董小记》,文有《骨董与玩具》,周有《关于活埋》,文有《殉葬与活埋》,而且大量抄引周作人的文字,采用周作人用过的材料,相关见解亦多与周氏相仿,尽管他自己也不无发挥。

且来举个例子。周作人《姑恶诗话》一文抄录苏东坡、范成大、陆游的姑恶诗,有云"照我们看来,宋诗人对于姑恶的话都说得不坏,东坡石湖能体察人情,一面却也不敢冲撞礼教,所以有那一套敦厚温柔的气味",复抄明清人李梦阳、张瑄、梁佩兰、观颒道人、查慎行、刘逢升、李联琇所作,有云"这头几个人都说姑并不恶,或者只是小姑不好罢,到了末后两位则大放厥辞,简直不知说的什么了"。文载道《水声禽语》一文则云:"东坡《咏姑恶》云:'姑恶,姑恶。姑不恶,妾命薄。君不见,东海孝妇死作三年干,不如广汉庞姑去却还。'这虽然有点代婆婆阶级立言,但毕竟还有诗人温柔敦厚之旨,至于后来有一位叫李联琇者的诗,简直与梦呓相去无几了:'姑恶姑恶,姑蒙恶名,匪姑虐妇,自戕厥生。母氏圣善,我无令人。臣罪当诛,天王圣明。'这里,用不着再加什么评语,其面目可憎之态已经分明于笔下了。"然而接下来周氏只说到"姑恶题目牵涉到伦常,无论如何做法总不能不说到这上头去,这就给了诗人们一个难题,不但要考文章的优劣,而且也考出他们思想的明暗,性情的厚薄来。在这里,明清的考生似乎都难免考了丁戊:这虽然是句游戏话,但想起来却也是很有意义的一件事"为止;文氏则发了大段议论:"这些人说来不免可怜:表面上尽管装着一本正经样子,动辄为圣贤立言,但实骨子还是一个媚字,这从最末的两句话里可以看到,说得爽快一点,也无非是借这类题目作敲门砖,为自己的肚皮打算而已,但一面即随手抓牢一件东西当作庙头鼓,莫明其妙的敲了几下。而这又与中国人最爱玩的偶像崇拜灵物崇拜有关。此乃民族品德最坏的一面,懒惰下流与颠顸,毫无选择批判的能力。对于历史上几个重要的脚色,非捧的时候捧煞,即骂的时候骂煞。总而言之,就是没有定见,自然更谈不上信仰。虽口口声声的欲正世道励人心,但结果是适得其反,世道人心便愈弄愈下坠。上有好者下必有甚焉,在下者岂真心悦服的要捧你的袍角?然舍此亦别无他法耳。其次,自己没有好的模样却偏要别人服从拥戴,以君师的一举一动来定于一尊。被统治者则鉴于本身的利害,虽不开步走自亦末由也已。楚王好细腰,宫中多饿死,这两句诗移之于中国历来的思想界,实在确切不移。以在上者一二人的喜怒，便决定人民全体的爱憎。这时候如果有人出来说几句平正一点，理性一点的话，则其命运就不能想象了。昨天看了故宫博物馆印的《名教罪人》，不禁为之掷卷喟然。以几百个堂堂'社稷之臣'，却仗着韵语专向一个人谩骂诅咒，信口雌黄。实则他们的本心——假定还有本心的话——何尝要这么说，只是如李联琇所云，无非为了'天皇圣明'，要媚得到家于是也只得找一个对象来泄气了。语曰，事上诌者临下必骄，这也正是世情的本色，自天子以至于庶人皆是也。——天子也有诌的时候吗？例如对鬼神是一种，孔子曰，非其鬼而祭之，诌也。人如果一定要'诌'起来，原不限于贫富尊卑的，这样接论下去，则李联琇咏姑恶而有此等口吻，倒也不足深怪的了。"于此可见周、文文风区别，前者蕴藉而后者显露，前者简洁而后者散漫。文载道另有不少"记地方习俗风物"之作，亦从周氏《上坟船》《卖糖》等借鉴而来，其间差异，同于前述"就史事陈述感想"者，文氏此等作品更多感慨，其晚年有云："抒情要抒到恰如其分是要有功力的，并非有情就可抒。"（《〈风土小记〉重印后记》）盖即指此而言。

周作人对于文载道和纪果庵评价颇高，《文抄》亦因其"拉纤"得以刊行,他为此书所作序文,实与从前给"四大弟子"的作品写序跋性质相当。周氏视纪、文二位为"今雨":"纪君已出文集名曰《两都集》,文君的名曰《风土小记》,其中多记地方习俗风物,又时就史事陈述感想,作风固各有特色,而此种倾向则大抵相同。……自己平常也喜写这类文章,却总觉得写不好,如今见到两家的佳作那能不高兴,更有他乡遇故知之感矣。读文情俱胜的随笔本是愉快,在这类文字中常有的一种惆怅我也仿佛能够感到,又别是一样淡淡的喜悦,可以说是寂寞的不寂寞之感,此亦是很有意思的一种缘分也。"或许可以视为对多年之后论家提出"周作人传统"的预先首肯。

文载道系金性尧早年所署笔名。从金性尧一生创作来看,其晚年的大量文史随笔显然较之《风土小记》《文抄》水平更高,价值更大。扬之水说:"先生之文,不以文采胜,亦非以材料见长,最教人喜欢的,是平和与通达。见解新奇,固亦文章之妙,但总以偶然得之为好;平和通达却是文章的气象,要须磨砺功夫,乃成境界,其实是很难的。"(《〈饮河录〉跋》)这话形容其晚年作品更为恰切。盖此乃阅历使然。说来《风土小记》《文抄》反映了当初他所受的"周作人洗礼",有如更早的《边鼓集》《横眉集》里他的文章反映了所受的"鲁迅洗礼"一样。在我看来,这些影响在晚年之作中更深也更好地体现出来。不过因为他是沦陷区的重要作家,在文学史家那里,更多提到《风土小记》《文抄》罢了。《金性尧全集》的编辑出版,有助于我们了解作者的写作历程和毕生成就。

二〇〇九年八月七日

我怎样写《周作人传》

我很喜欢读传记,但买这类书的时候,凡带有不注明出处的对话或"他想……"的,比如大名鼎鼎的欧文·斯通写的那些,我一律不要。这就是我对所谓"传记文学"的态度。赶到自己动手写传记了,当然要守这规矩,我在《周作人传》序言中说:"我曾强调不能将'传记'与'传记小说'混为一谈。传记属于非虚构作品,所写须是事实,须有出处;援引他人记载,要经过一番核实,这一底线不可移易。写传记有如写历史,不允许'合理想象'或'合理虚构'。"一言以蔽之,"传记文学"怎么写,我就不怎么写。即使"文学的味道很少""比较枯燥",也无所谓。

类似意见前人早已说过。诸如《左传》《史记》,均曾因此被论者指摘。钱锺书《管锥编》云:"上古既无录音之具,又乏速记之方,驷不及舌,而何其口角亲切,如聆謦欬欤?或为密勿之谈,或乃心口相语,属垣烛隐,何所据依?如僖公二十四年介之推与母偕逃前之问答,宣公二年鉏麑自杀前之慨叹,皆生无傍证、死无对证者。……盖非记言也,乃代言也,如后世小说、剧本中之对话独白也。左氏设身处地,依傍性格身分,假之喉舌,想当然耳。"这番话正是在批评"传记文学"。钱氏所云"宣公二年鉏麑自杀前之慨叹",见《左传》:"宣子骤谏,公患之,使鉏麑贼之。晨往,寝门辟矣,盛服将朝。尚早,坐而假寐。麑退,叹而言曰:'不忘恭敬,民之主也。贼民之主,不忠;弃君之命,不信。有一于此,不如死也。'触槐而死。"《左传》这篇已被收入中学课本,我见过一份"教案",倒是注意到了问题所在:"鉏麑当时就死了,死前的内心独白从何而知?"然而所预备的解答却是:"'悬揣'——根据当时的情境、事情的结果和人物的性格行为进行的合理想象。符合人物性格,合理解释结果,非但不觉得失实,反而有历史'带入感'。"为师这样讲解文章,不啻误人子弟。

"合理想象"或"合理虚构",小则添加,大则编造,均系钱氏所云"想当然耳"。既是想象,就不能当作事实来写,其间没有合理不合理之分。友人谢其章尝云,所见三种周作人传,都写到一九四五年十二月六日晚周作人在家中被捕一事。其中拙著引述了一句话:"当军警用枪械对着周命令周就逮时,周还说'我是读书人,用不着这样子'。"注明出自一九八二年《文化文料》第三期所载张琦翔《周作人投敌的前前后后》一文。另外两种用的是同一材料,但其一写作:"当枪口对准周作人要他就范时,他只站起来嘟囔着说'我是读书人,用不着这样子',就跟着军警走了。"其一写作:"当军警的枪口对着他要他就范时,他嘟囔着说:'我是读书人,用不着这样子。'"谢君问:"周作人的'站起来'和'嘟囔',有出处吗?"此等"添笔",无非搀杂进一种主观倾向性而已。

仅仅凭借想象将传记或历史写得"绘声绘色"的人,往往忘记了自己置身何地。我曾读过一篇写到周氏一九四五年十二月六日被捕的文章,有云:"经过一番搜查之后,周作人就被军警押走了,迈出大门时,院里传出他的妻子信子撕心裂肺的惨叫……"此文作者要么是在场的军警之一，要么是趴在墙头的贼，不然怎么听得到呢。传记作家最应当克制的毛病，就是嫌事实不够热闹，或大或小给添加一些噱头。

"传记文学"，换个名目就是"演义"。其弊害即如章学诚《丙辰札记》所批评，"七分实事，三分虚构，以致观者往往为所惑乱"，——以假充真，进而以假乱真。鲁迅《中国小说的历史的变迁》说是"容易招人误会"："因为中间所叙的事情，有七分是实的，三分是虚的；惟其实多虚少，所以人们或不免并信虚者为真。如王渔洋是有名的诗人，也是学者，而他有一个诗的题目叫'落凤坡吊庞士元'，这'落凤坡'只有《三国演义》上有，别无根据，王渔洋却被它闹昏了。"

前引"教案"提到"悬揣"，"揣"自难免，唯不宜"悬"——传记作者所作推测，一定要有事实依据。也来举个例子。有种周作人传谈及一九四五年抗战胜利后传主仍继续写作时有云："八月二十六日写的'小文'是《曲庵的尺牍》，在此之前，已经写有《饼斋的尺牍》与《实庵的尺牍》，这是第三篇。大概写文章也是'山穷水尽'，无材料可写，只得抄抄亡友的来信卖钱了，其经济与精神的窘迫如此,是可叹的。……几天以后,又写了一篇《凡人的信仰》。几乎在任何情况下,周作人都能写作,这是他的特别勤勉处,也是一种特殊本领。也许是经济压力所致？那就有些可悲了。"这里提到"经济压力",周作人当时日记确有变卖家什的记载；但查与周氏有些关系的杂志,如《古今》《中和》《求是》《天地》《逸文》《留日同学会季刊》《读书》《同声》《文史》《风雨谈》《杂志》等,从一九四四年末至抗战胜利,陆续停办；其自家主编的《艺文杂志》,也于一九四五年五月终刊。一九四五年十月一日北平出版的《新世界》月刊第一期所载《旧京的风俗诗》(收入《知堂乙酉文编》时改题"北京的风俗诗"),署名知堂,是目前所见周作人这一时期最后发表的文章。抗战胜利至周氏被捕,他所写文章现存八篇,都是未刊稿,一九五九年和一九六一年分别收入《过去的工作》和《知堂乙酉文编》。既然无从刊布,如何藉此"卖钱"；作者感慨"精神的窘迫""可叹""可悲",也就没有由头了。

我曾写文章说,传记写作,以下几点均系要事：(一)材料；(二)观念；(三)切入角度与剪裁；(四)文笔。盖后三项皆以第一项为基础,而这正是我写《周作人传》的困难之处。我在序言中说:"虽然陆续有《周作人研究资料》《回望周作人》之类书籍面世,周氏的生平材料仍然非常匮乏。日记迄未完整印行,一也;书信很少搜集整理,二也;档案材料不曾公布,三也;当年的新闻报道、访问记、印象记还没汇编出版,四也;后来的回忆文章缺乏核实订正,五也。"这里且略作解释。

周作人的日记,从一八九八年二月十八日写起,至一九六六年八月二十三日绝笔。中间有些年份,如赴日留学和在北京、南京入狱期间,未记日记;有些年份的日记遗失,如一九四四年的一册,周氏六十年代曾寄香港鲍耀明一阅,鲍未收到。周作人说:"日记未寄到,此亦是过信邮局之失,以为不挂号也可寄到,但遗失了也就找不到,只得算了。"(一九六四年五月二十六日致鲍耀明)张菊香、张铁荣编《周作人年谱》,不同年份详略不等,即以有无日记参考之故。即以一九四四年而论,这年三月十五日周氏发出针对沈启无的《破门声明》,而据纪果庵《北游记》(载一九四四年四月一日《古今》第四十三、四十四期合刊),正月初二(阳历一月二十六日)沈氏尚到周家拜年,其间二人关系演变过程,倘有日记,我们或许能多了解一些。现存周氏日记共五十几册，公开印行的只到一九三四年为止，大约一半样子。几年前有家出版社计划全部影印出版，惜事不果行。

周作人自己所编《周作人书信》，"信"的部分只收录了致俞平伯、废名和沈启无的七十七通。周氏身后有《周作人晚年手札一百封》（太平洋图书公司，一九七二年五月）、《周曹通信集》（南天书业公司，一九七三年八月）、《周作人早年佚简笺注》（四川文艺出版社，一九九二年九月）、《知堂书信》（华夏出版社，一九九四年九月）、《周作人晚年书信》（真文化出版公司，一九九七年十月）、《周作人俞平伯往来书札影真》（北京图书馆出版社，一九九九年六月）、《周作人与鲍耀明通信集》（河南大学出版社，二〇〇四年五月）、《周作人·松枝茂夫往来书简》（早稻田商学同攻会，二〇〇七年三月至二〇〇八年九月）等书出版，去其重复，周作人书信共有约一千通，只占其一生所写之一小部分。据周黎庵、张中行、邓云乡、张铁铮、孙旭升等人回忆，所藏知堂信札少则数十，多至二百，均在"文革"时烧掉。另外有些尚未发表，有些散见于报刊书籍。我写《周作人传》，有关一九三九年元旦遇刺事件，最初引用的是《知堂回想录》的说法；后来在虞山平衡编《作家书简》（上海万象图书馆一九四九年二月）中看到周作人一九三九年一月十三日致陶亢德信影印件，言及此事，内容虽出入不大，却有当下记载与后来回忆之别，于是趁重印的机会，换用了这一材料。至于周作人所得来信，《回望周作人》丛书之《致周作人》一册，收录三百余通。周氏家属处尚存约两万通，据说正在整理，如能出版，将大有益于周氏生平研究。

南京市档案馆编《审讯汪伪汉奸笔录》（江苏古籍出版社，一九九二年七月），收入周作人在南京法庭受审的材料计二十六件，约五万字。周氏的档案并不止这些。据周作人日记，一九五八年九月二十三日："八时半派出所人又同去，令写自传，约以一星期。"九月二十七日："下午霁，写自传大略了，共十六纸。令丰一略一看。"十月二日："上午派出所人来取所写文去，属更写材料。"十二月一日："上午派出所人来取前所写材料去。"十二月五日："下午写关于解放后来访日本人材料三纸。"一九六〇年七月二十六日："有王某来了解华北政务委员会事，令写材料，实在乃是意在王荫泰也。"七月二十七日："上午不工作,写材料共三纸。……王某来取所写材料去。"十一月二十三日:"下午民警岳同志来谈,属写'计画',约二三日后再看。"十二月二十九日:"民警岳来,招赴午后集会。下午一时半至公用库食堂,成立监督小组事,组长张桂英也。"十二月三十一日:"上午写声明文了。"一九六一年一月四日:"上午另抄声明,拟予佟韦一阅也。午抄了,下午往街寄佟韦信。"二月二十四日:"上午往街寄……派出所岳兴信。"这些材料,今均不知存诸何处。又周氏晚年数度往北京市法院应传问话,当有笔录,但亦无从查阅。

前几年出版的《回望周作人》丛书,正如编者所云:"研究者目前还看不到一些很重要的资料,……即如有些新闻报道、访问记、印象记等,寻找颇不易,外文的资料翻译成中文的又不多,而有些资料应该说是必不可少的。"若论参考价值,散见于中国和日本报刊的新闻报道、访问记、印象记等要胜过当时评论文章,先前评论文章又要胜过后来评论文章。而遍观《回望周作人》八册,恰恰是近一二十年之作比例偏大,挤占了原始资料的位置。譬如我曾见一九三九年一月四日《大阪朝日新闻》一则题为《周作人氏遭狙击未遂仅是车夫即死》的报道（张铁荣译），即为该丛书所失收，此乃关于一九三九年元旦遇刺事件的最早文字记载，正可据以核实后来外间各种说法。

朱正所著《鲁迅回忆录正误》向来颇受重视，此书主要是针对许广平《鲁迅回忆录》的，而其他有关鲁迅之作亦不乏需要正误者。回忆周作人的文章数量相对较少，错谬之处却恐怕更多，也有待于订正。说老实话，迄今为止还没有人对此认真下过朱氏那样一番功夫。所以我说，写《周作人传》材料一方面不敷使用，一方面又不敢尽用。譬如有论家看到《司徒雷登日记》（黄山书社，二〇〇九年七月）一九四九年一月三十日一则："杨兆龙告诉我说周作人已得到程潜和其他高级官员颁下的命令而获得赦免了，因为当年周氏也曾为这班官员向日方求过情，只要日方战胜的话是不成问题的。"遂以为"在周作人研究中，这条史料的重要性是不言而喻的"。按一九四九年一月，蒋介石宣告下野，李宗仁任代总统。监狱奉令疏散犯人，判除有期徒刑者准予交保释放。周作人刑期十年，在保释之列，并非"获得赦免"。仅此一点，即可证明杨兆龙所言之不属实；至于除"周作人和程潜是同一时期的留日学生"外，二人之间究竟有无关系，乃至抗战时期程潜等是否需要通过周作人代向日方求情，周作人又能否做成此事，更其可疑。纵如论家所说："司徒雷登和杨兆龙都不是一般人物，特别是司徒雷登，他把一种听来的说法记在自己的日记中，这一行为本身就包含了判断，杨兆龙愿意把一种传言告诉司徒雷登，也可以理解为他的一种判断。"我也不敢采信。

国外好的传记作品近年来翻译过来不少。即以作家传记而论，举如杰弗里·迈耶斯著《奥威尔传》、若斯亚娜·萨维诺著《玛格丽特·尤瑟纳尔》等，皆为我所钦佩。前一种如作者所说，"本书是第一本利用彼得·戴维森所编巨著《奥威尔全集》（一九九八年出版，二十卷，八千页）中丰富的文学和文献资料写出的奥威尔传记"，"我自己的研究和采访，以及利用伦敦的奥威尔档案库中未发表的资料揭示了一些新情况"；后一种则如译者所说，"本书引证的资料之丰赡和翔实，已使它成为研究尤瑟纳尔必备的参考书"。我的理想是也能写出一本这样的《周作人传》。然而光是材料一项，已使这一目标遥不可及。前面我提到种种困难，有些我愿贡献一己之力，有些则非个人所能做到,但是即便都予解决,所得材料仍然未必够写一本真正的传记作品。就目下而言,我这本书也只能如自家所许:"容有空白,却无造作。"我希望能够搜集到更多材料,以后出个增订本。

其他中国作家的情况,其实相去不远。鲁迅也许是例外,因为早已成立了几处纪念馆、博物馆,还有不少专门的研究者,但是就迄今为止公表出来的生平材料来看,离写成迈耶斯和萨维诺那样水准的传记作品差得还远,说来我们也的确从来没有一部内容详备的《鲁迅传》。

二〇一〇年六月十八日

胡张初识考

前些时我写了篇《女作家盛九莉本事》，涉及《小团圆》中与主人公作家身分相关的部分。其实这部小说的"本事"还有很多。然而，将书中所写与张爱玲本人及其他人的文字相比照，不相符之处总多过相符之处。是以梁文道说："止庵的索隐是在反索隐。因为止庵的结论就是说这本书不是自传，因为里面有许多虚构。"(《用小说名义写的很实的东西》)张爱玲自己讲得更明白："看过《流言》的人，一望而知里面有《私语》《烬余录》(港战)的内容，尽管是《罗生门》那样的角度不同。"(一九七六年一月三日致宋淇)这里说的既有回忆文章《私语》《烬余录》与小说《小团圆》之间纪实与虚构之别，也有回忆文章中的"我"

与小说中所塑造的某一人物之间因视野不同而产生的全面与局限之别。其他人的回忆文字与《小团圆》不相符合，亦可作"《罗生门》那样的角度不同"理解。

《小团圆》是小说，无论写实成分多大，都不能看成自传。还是那句话，对得上人未必对得上事，对得上事未必对得上细节。或者反过来说，即便有些细节是真的，相关的事与人未必就能一概坐实。不过张爱玲说："我在《小团圆》里讲到自己也很不客气，这种地方总是自己来揭发的好。当然也并不是否定自己。"（一九七五年七月十八日致宋淇）"《小团圆》……不是打笔墨官司的自白书，里面对胡兰成的憎笑也没像后来那样。"（一九七六年一月二十五日致宋淇）她并不回避《小团圆》中盛九莉与作者自己、邵之雍与胡兰成之间存在对应关系。

弄清楚上面两层意思，可以来谈一下《小团圆》的"真"与"假"及其可能的意义了。胡兰成《今生今世》有云：

"前时我在南京无事，书报杂志亦不大看，却有个冯和仪寄了《天地》月刊来，我觉和仪的名字好，就在院子里草地上搬过一把藤椅，躺着晒太阳看书。先看发刊辞，原来冯和仪又叫苏青,女娘笔下这样大方利落,倒是难为她。翻到一篇《封锁》,笔者张爱玲,我才看得一二节,不觉身体坐直起来,细细的把它读完一遍又读一遍。见了胡金人,我叫他亦看,他看完了赞好,我仍于心不足。

"我去信问苏青,这张爱玲果是何人?她回信只答是女子。我只觉世上但凡有一句话,一件事,是关于张爱玲的,便皆成为好。及《天地》第二期寄到,又有张爱玲的一篇文章,这就是真的了。这期而且登有她的照片。见了好人或好事,会将信将疑,似乎要一回又一回证明其果然是这样的,所以我一回又一回傻里傻气的高兴,却不问与我何干。

"这样胡涂可笑,怪不得我要坐监牢。我是政治的事亦像桃花运的胡涂。但我偏偏又有理性,见于我对文章的敬及在狱中的静。

"及我获释后去上海,一下火车即去寻苏青。苏青很高兴,从她的办公室陪我上街吃蛋炒饭,随后到她的寓所。我问起张爱玲,她说张爱玲不见人的。问她要张爱玲的地址,她亦迟疑了一回才写给我,是静安寺路赫德路口一九二号公寓六楼六五室。

"翌日去看张爱玲，果然不见，只从门洞里递进去一张字条，因我不带名片。又隔得一日，午饭后张爱玲却来了电话，说来看我。我上海的家是在大西路美丽园，离她那里不远，她果然随即来到了。"

《小团圆》未面世之前，有关胡张初识，止此一说。然而《小团圆》另有说法：

"'有人在杂志上写了篇批评，说我好。是个汪政府的官。昨天编辑又来了封信，说他关进监牢了。'她笑着告诉比比，作为这时代的笑话。

"起先女编辑文姬把那篇书评的清样寄来给她看，文笔学鲁迅学得非常像。极薄的清样纸雪白，加上校对的大字朱批，像有一种线装书，她有点舍不得寄回去。寄了去文姬又来了封信说：'邵君已经失去自由了。他倒是个硬汉，也不要钱。'

"九莉有点担忧书评不能发表了——文姬没提，也许没问题。一方面她在做白日梦，要救邵之雍出来。

"她鄙视年青人的梦。

"结果是一个日军顾问荒木拿着手枪冲进看守所，才放出来的。此后到上海来的时候，向文姬要了她的地址来看她。"

究竟谁去看谁,二书颇不一致。坊间以往各种张爱玲传,均从胡兰成说。《小团圆》一出,就有些麻烦了。然则,传记不能以小说为据,两种说法又都无其他材料提供左证。张爱玲说,她"赶写《小团圆》的动机之一是朱西宁来信说他根据胡兰成的话动手写我的传记"(一九七五年十月十六日致宋淇);可是看了《小团圆》,我们依然没法动手写张爱玲传。

若我们只当二人的话都是一种"说辞",那么对照着看,也许会比单听一方所言更能接近"真实"。当初我读《今生今世》,明白胡何以想见张,却不明白张何以想见胡。觉得"又隔得一日,午饭后张爱玲却来了电话,说来看我"一句里,"却"字很扎眼,显然作者也不知道就中因由。及至读《小团圆》,这一疑惑始解。"有人在杂志上写了篇批评,说我好",胡兰成确实写过《皂隶、清客与来者》——尽管发表在后——对张爱玲的《封锁》评价颇高;"一方面她在做白日梦,要救邵之雍出来",亦见载《今生今世》。"《罗生门》那样的角度不同",可能意味着一种相辅相成或相反相成的关系。

周作人讲过一个故事:"英国洛利勋爵在狱中写《世

界通史》,有一天看见窗外有人斗殴,甲打一个像是官吏的乙,乙立即抽剑刺他,甲以棍殴乙,遂同倒地上。次日有友来访,洛利告以所见。友订正之曰:乙非官吏而是西班牙使馆的仆人,是乙先打甲,并未拔剑,乃是甲抢去把乙刺死的。洛利不服,说亲见无误,友人说那时自己在场,为了夺取凶手的剑,颊上还受了微伤。洛利于客去后尽焚其稿,因为目睹尚难尽信,过去的事更无从说起了。"(《故事难讲》)《今生今世》"自中华民国四十三年三月开始写,至四十八年三月写成",距二人初识已是十五年了;《小团圆》更写在《今生今世》完成十七年之后。而且洛利勋爵所"目睹"者与己无关,《今生今世》和《小团圆》讲的却是自家之事,更难做到客观真实。在前述例子里,胡张皆说"彼来看我",或非偶然。

我曾列举世界文学史上类似《小团圆》之作,其中之一是蒲宁著《阿尔谢尼耶夫的一生》。据该书译后记介绍:"在小说中,阿列克谢·阿尔谢尼耶夫和丽卡的爱情史是以丽卡之死而告终的。但实际上,巴琴科与蒲宁的关系破裂之后便嫁给了作家的早年的朋友阿·尼·比比科夫。照穆罗姆采娃-蒲宁娜的说法,《阿尔谢尼耶夫的一生》之所以有这样一个结局，看来是因为'作者希望他的生活就是如此'。"不能排除《小团圆》也有类似写法。

有意思的是，《小团圆》涉及相关人物，往往与张爱玲自己从前文章中的说法大相径庭。如《小团圆》提到徐衡不屑一顾，原来曾对其原型胡金人赞不绝口（《忘不了的画》《我看苏青》）；提到荀桦厌恶之至，原来曾对其原型柯灵深怀谢意（《走！走到楼上去》）。在楚娣与原型姑姑（《姑姑语录》）、比比与原型炎樱（《炎樱语录》《双声》《吉利》《炎樱衣谱》）、文姬与原型苏青（《我看苏青》）之间，也有很大差异，显然不似过去写的那么热络了。

《小团圆》是张爱玲晚期之作，这或与她当时的心态不无关系。看过同样成于晚期的散文《重访边城》，也许更能理解这一点。文章写到她当年的台湾之行，在台北的向导是画家席德进；在花莲的向导没提名字，但说"麦家托他们的一个小朋友带我到他家乡花莲观光"，下文也只有"替我作向导的青年""我的青年朋友""年青的朋友""我的导游""那青年"字样。熟悉张爱玲生平的人当知道，此人乃作家王祯和，论当时及以后与张爱玲的关系，要比席德进密切得多。

按席德进生于一九二三年五月十五日，故于一九八一年八月三日；王祯和生于一九四〇年十月一日，故于一九九〇年九月三日。《重访边城》提到一九八二年十二月《时报周刊》第二五一期上的一张照片，应该写于此后，文章中还说"多年后根据当时笔记作此文，席德进先生已经去世"，大概因此文中才有席德进，而没有还活着的王祯和的名字。《重访边城》提名与否，与《小团圆》一反旧说，其间似有相通之处。

《重访边城》写到席德进与王祯和亦不过寥寥几笔。王祯和的作家身份、张爱玲在花莲寄宿王家都没提，连在台北与白先勇、王文兴、陈若曦、欧阳子、王祯和等人聚会也没提。相比之下，文中描写陌生人，如花莲风化区的妓女、池塘里劳作的女郎，倒是浓墨重彩，生动传神。反正张爱玲再也不像年轻时那样留意身边朋友说什么和做什么，甚至未必视他们为朋友了。她再也不写《炎樱语录》《双声》《姑姑语录》《我看苏青》《忘不了的画》之类文章了。

二〇一〇年二月十七日

附记

一九四五年六月三日《文编周刊》第二十五号载江涛《胡兰成离婚事件　张爱玲非君不嫁》一文有云："关于胡张之恋，这是去年以来喧腾京沪的一个谈话资料，然而谈到胡张之恋，就先得拉出苏青来。《天地》创刊号的苏青的《言语不通》和第二期胡兰成的《论言语不通之故》该是张爱玲认识胡兰成的开始，他们两人的'交情'是从这篇文章起始的。张的意思，因为拜读胡氏文章备致倾倒，想请苏青介绍认识胡氏的真面目。但当要开始认识时，胡氏因写了一篇《组织战时人民委员会与大纲》遽遭当局拘禁于特工机关，这消息由苏青传到张爱玲耳中，于是写了一封很长的交织钦仰与安慰情绪的信，交由苏青转寄，直待胡氏因无任何政治色彩的关系，经过四十八天的拘禁，便恢复了自由，到了上海，苏青就交出了张爱玲的信给他看，并告诉张爱玲的地址，希望胡氏能对这位文坛后起的女作家多多提腋。在到上海不怎么受人注意的胡氏，一旦接读到这封至情流露的信时，心里是获得相当不少安慰的，于是第二天上午，情感驱使他踏上一座公寓八层楼去道谢,当然其因为张爱玲是含有'贵族血液'。但是第一次碰了壁,因胡氏只说有个姓胡的来拜访张女士,张照例是答称出去了或生病,回绝见客,因此胡氏放了一张卡片,表示已经来道过谢而已。当天下午,在上海的胡氏寓所,突然出现了张爱玲的芳踪,她此来是抱病答访。"内容未必属实,聊备参考而已。

二〇二〇年七月十八日

张佩纶的遗产

张爱玲著《对照记》中,有一帧"我父亲我姑姑与他们的异母兄合影"。中立年长者为张志潜,张志沂、张茂渊分立两边,被张爱玲形容为"看似爷儿仨"。张佩纶与元配朱芷芗生子志沧(早逝)、志潜,继室边粹玉无子女,继室李菊耦生子志沂、女茂渊。据张子静在与季季合著的《我的姊姊张爱玲》中说,"二伯父大我父亲十七岁"。

张爱玲说,祖父"世代耕读,他又是个穷京官,就靠我祖母那一份嫁妆"。张佩纶死于一九〇三年,越九载,李菊耦卒。"我父亲与姑姑丧母后就跟着兄嫂过,拘管得十分严厉,而遗产被侵吞。直到我父亲结了婚有了两个孩子之后,兄妹俩急于分家,草草分了家就从上海搬到天津，住得越远越好。……一九三〇中叶他们终于打析产官司。我从学校放月假回来，问我姑姑官司怎样了。她说打输了。"张子静说："一九二八年我们由天津搬回上海，姑姑也与母亲从英国回来了，才正式与二伯父分析遗产。房屋、地产、不动产都有契据，容易分割清楚，我祖父留下的一批宋版书则引起了纠纷。当时宋版书已很值钱，全部在我二伯父手中。我姑姑认为那也是遗产的一部分，应作三等份分配，不该由我二伯父独得。二伯父不愿照办，就发展成我父亲与我姑姑一方，我二伯父一方的争产官司。……这件官司最终判我二伯父胜诉。"所提到的"一批宋版书"，即著名的"朱氏结一庐藏书"之一部。

张子静说："我不知父亲到底继承了多少遗产。但至少一九三五年左右他在虹口还有八幢房子出租；也还有一些田产和骨董。十余年之间，这些财产都成乌有了！"在儿子眼中，"所有败家的本事，他无一不缺"。"刚回上海那几年，我们家的房子越住越大。后来就越住越小。终至于我父亲和后母的晚年，只有一间租来的小房屋足以容身。"收入全靠青岛的一处房屋的房租。此系张志潜、张志沂二人共有，租金亦由他们均分。一九五三年张志沂死于肺病。"我父亲去世后,我后母特地把我的堂哥张子美找来,当着我的面读我父亲的遗嘱。内容很简单,主要就是说青岛的房租,以后每年由我母亲得七成,我得三成。""一九六六年'文革'开始,赎买政策的期限已满,房租的所谓利息收入遂告中断。"继母于一九八六年亡故。至于张子静自己,先在银行工作,后教小学、中学,"存的一点积蓄全拿出来,还不够讨一个爱人"!以至终身未娶。一九八九年一月二十日,张爱玲致信张子静说:"我十分庆幸叔叔(按此系张氏兄妹对父亲的称呼)还有产业留下给你。"许是把后母死后,弟弟继续住的那间十四平方米小屋当成他继承的"产业"了。《我的姊姊张爱玲》配有该处照片数帧,说明云:"张子静屋内,只有父亲及后母留下的这些简陋陈旧的家具。"张子静一九九七年病逝,张志沂一支遂绝。

《我的姊姊张爱玲》有云:"反观我二伯父,他分得的遗产比我父亲多,但绝不像我父亲那样浪费无度。""二伯父于一九四二年因肺病在上海病故,享寿六十三岁。"张志潜生子二:正出张子美,庶出张子闲。"我的堂哥张子美是香港大学毕业,曾在交通银行工作,已于一九九二年去世；他有三个儿子、一个女儿。我的堂弟张子闲是圣约翰大学毕业，曾在铁路中学教书，已经退休。他有两个儿子、一个女儿，也有孙子、孙女和外孙，晚景堪慰。"

《上海文物博物馆志》之"大事记"一九八〇年一月十九日项下有云："市文物保管委员会举办'严庆祥、张子美、沈莱舟、陆颂年、沈粹缜、王亢元捐献文物受奖会'，市文管会主任张承宗为捐献者颁发奖状。"王世伟《顾廷龙先生之〈集韵〉研究》一文（载《图书馆研究与工作》二〇〇五年第二期）提到，"上海图书馆在市政府的支持下，出巨资二十万对张氏的善举予以重奖。张氏捐书共计四百五十种三千二百七十四册"。张子静未曾谈及此事，本来这与他也没有太大关系。

二〇一〇年三月十七日

再谈《小团圆》

《小团圆》尚未面世,就有人提出"拒买、拒读、拒评";至今偶尔还被称引,但回过头去看,效用似乎仅限于倡议者自己,无非"自我封口"而已。不过"买""读""评",适可概括一年间《小团圆》热热闹闹、是是非非的全部。

《小团圆》最早由台湾皇冠文化出版有限公司和皇冠出版社(香港)有限公司推出。据说香港初版一刷才两千册,不到两个小时即告售罄,可见尽管港台书业萧条,"张迷"却大有人在。北京十月文艺出版社出版的《小团圆》是今年名列前茅的畅销书,想必盗版也会不少。我还见过一本张爱玲以英文写作、迄未出版的《雷峰塔》的伪书，印制粗糙，封面印着"继《小团圆》之后张爱玲迄今未发表的自传体小说　为千万张迷亲情巨献"的宣传语，其实是本传记，书中的"张爱玲"被统改为"我"，结果引用柯灵《遥寄张爱玲》成了《遥寄我》，张子静《我的姊姊张爱玲》成了《我的姊姊我》，可发一噱。

《小团圆》出版后，报刊网络评论甚多，毁誉参半，此书又不止一次被媒体选为"年度十大好书"。《小团圆》评上与否，并不吃紧；因为"十大好书"云云，不过当下热闹，"年度"过了，即烟消云散，而只要大家对张爱玲仍保持兴趣，她的重要作品《小团圆》就免不了被提及，被阅读，被评论，被研究。相比之下，我更感兴趣的是"读"，这可以藉"评"看出究竟，因为"买"了不一定"读"，"评"却非"读"过不可；虽然也有不少文章作者，不看书就能大发议论，但不妨将其视为另外一种"读"罢。

先来插说一段自家之事。前年我出了一本书信集，有位读者的意见令人莞尔："只可惜失望与欣喜并存，或许失望尤大于欣喜亦未可知。翻看《远书》，方知此书信集非家书，更非情书一类，乃仅与友人谈学论道之书。"我何曾打算出"家书""情书"，读者为此"失望"，未免太没来由。虽说"一切阅读都是误读",这里却又有所不同——他不曾"读"之前,已经"误"了。《小团圆》所遇到的问题,同样在于不能满足读者此种阅读期待。

有论家撰文批评:"如果《小团圆》不是'旗帜鲜明'的打着张爱玲的招牌,以小说看,这本屡见败笔的书,实难终卷。"所列举之"败笔",一是"张爱玲巅峰时期的作品,如《封锁》、如《金锁记》、如《倾城之恋》,文字肌理绵密,意象丰盈。宋淇看出《小团圆》杂乱无章,因指出'荒木那一段可以删去,根本没有作用'(我们现在看到的《小团圆》,作者没有删此段)。《传奇》时代的张爱玲,布局铺排的草蛇灰线,多能首尾呼应,少见十三不搭的局面。《小团圆》出现了'根本没有作用'的段落,可见结构之松散";一是"《小团圆》的叙述语言,比起成名作中的珠玉,显得血脉失调。通篇不易找到我曾称之为'兀自燃烧的句子'"。这大概可以代表不少读者的看法。大家醉心于张爱玲的早期之作,认定那样写法才是"正宗",遂不许作者越雷池一步。然而《小团圆》与《金锁记》等写作时间相隔三十多年,张爱玲的风格早已发生变化。最显明的例子,就是在写《小团圆》之前,她将

《金锁记》改写为《怨女》,论家所津津乐道的那些结构与语言上的特点,都被舍弃了。而这一时期,恰逢欧美文学思潮与小说写法嬗变,各种新的流派兴起,张爱玲身居海外,受到影响不无可能。反正晚年的她不愿意再像早年那么写了。《小团圆》是一部多用简笔,尽量非情景化、非氛围化的作品,与作者最早那篇《沉香屑 第一炉香》以繁复笔调描绘情景,营造氛围,正是大相径庭。不理解或不接受作者前后期风格不同,恐怕是跟不上她的脚步,无所收获乃至大失所望,亦不足为奇。这就像《庄子·田子方》里颜回说的:"夫子步亦步,夫子趋亦趋,夫子驰亦驰;夫子奔逸绝尘,而回瞠若乎后矣。"孔子回答:"女殆著乎吾所以著也,彼已尽矣,而女求之以为有,是求马于唐肆也。"

《田子方》里,孔子接着说:"虽然,女奚患焉,虽忘乎故吾,吾有不忘者存。"读者抱住作者的"故吾"不"忘",可能忽视了其"吾有不忘者"的存在。《小团圆》与同期的《浮花浪蕊》《同学少年都不贱》等属于现代小说,我们不能再用看传统小说的眼光来看。福斯特所著《小说面面观》说,"国王死了,王后也死了"是故事,强调时间关系;"国王死了,王后伤心而死"是情节,强调因果关系;另外"王后死了,原因不明,后来才发现她是死于对国王之死的悲伤过度"也是情节,但增加了神秘气氛,有进一步发展的可能。他所讲的统统属于传统小说。而在一本现代小说里,可能既忽略时间关系,又排斥因果关系,"国王"与"王后"死或不死,甚至都未必交代清楚。《小团圆》自始至终不规规矩矩写情节,更不老老实实讲故事;抱怨"杂乱无章""十三不搭""松散",乃是从中寻求时间关系与因果关系而不得,正所谓"求马唐肆"。

前引那位论家的话,特别强调曾为宋淇所批评的书中有关荒木部分,"我们现在看到的《小团圆》,作者没有删此段";类似之处还有宋淇说的"第一、二章太乱,有点像点名簿",张爱玲也未接受意见。一九七七年四月七日她致信宋淇说:"头两章是必要的,因为是key to her character［奠定她性格的关键］——高度的压力,极度的孤独(几乎炸死的消息没人可告诉)与self-centeredness［以自我为中心］。"可参看小说中的描写:"'我差点炸死了,一个炸弹落在对街。'她脑子里听见自己的声音在告诉人。告诉谁？难道还是韩妈？楚娣向来淡淡的，也不会当桩事。蕊秋她根本没想起。比比反正永远是快乐的，她死了也是一样。差点炸死了，都没人可告诉，她若有所失。"那些纷至沓来的人物，之于读者只是一个个名字，之于九莉也是一样，她与他们中的任何一位都无法沟通。作者如此写法，是要制造一种寂寞、隔绝的效果。

又有不少读者读过胡兰成的《今生今世》，遂把《小团圆》设想成一本专门回应此书的书。持此看法，则《小团圆》亦未免"实难终卷"，尤其前半部分，迟迟没写到此事，兴许看得不耐烦了。近阅也斯《张爱玲的刻苦写作与高危写作》一文，有云："不少人看《小团圆》，喜欢从窥秘角度看，特别想看张与前夫的一段恋情。但之雍到了第四章才出场，书已写了一百五十多页了。若评论家以那为焦点，当然以为开首几章进进出出的众多人物显得'不相干'了。"然而正如该文所说："但倘若那不是全书的焦点呢？倘若以九莉这人物为焦点，那么香港的战争、母亲的自我中心、成长期的缺乏安全感、敏感、无所安顿的感觉，全都是值得写的，是她成长的网络的一部分。主角写过爱情小说，但没有真正恋爱过。这些背景可以解释她为什么后来会盲目爱上邵君，一发不可收拾。若从九莉成长的过程来看，当然前面人物众多的几章不见得'不相干'。"

说来《小团圆》别有追求，根本不是一本现在某些人代为设想的那个样子的书。我曾写文章说，有人读书为了印证自己，凡适合我者即为好，反之则坏；有人读书旨在了解别人，并不固守一己立场，总要试图明白作家干吗如此写法，努力追随他当初的一点思绪。虽然同是读书，私意却以前者为非，而以后者为是。如此说法，并非抹杀批评，然而误解不是批评。

最近马家辉接受采访，谈到《小团圆》有云："一开始把它作为故事看，当八卦，一句一句地看。再看的时候，感动得不得了。"我去香港时，也斯告诉我，重读一遍《小团圆》，才看出它的好处。前不久遇见陈子善，他也说重读《小团圆》，发现真是精心结撰之作。与此形成对照的，正是贬抑该书者所说的"实难终卷""不能卒读"。此亦"人各有志"，不能勉强。但是否也有此种可能：读第一遍，我们往往不免先入为主，结果大失所望，乃至半途而废；果能读第二遍，把这份想法放下，遂与作者多所契合。

马家辉接着引用卡尔维诺《为什么读经典》所说："经典是那些你经常听人说'我正在重读……'而不是'我正在读……'的书。"《小团圆》是否经典，姑置勿论，我却想到卡尔维诺文章中另一段话："读一部经典作品也一定会令我们感到意外——当我们拿它与我们以前所想象的它相比较。"读《小团圆》，恰有此种感受。

我们读一本书，喜欢或不喜欢，都属寻常；可是有人将"读"变为"评"，往往喜欢就成了"好"，不喜欢成了"不好"。无论说好说坏，论者与作者之间，论者与其他读者之间，须得建立一种共识，也就是说，大家在同一前提下说话，否则作为批评很难站得住脚。问题在于，有些批评的前提往往只为批评者自己所有——也未必是其自家冥思苦想得出，多半还是打哪儿领来的——作者和其他读者并不买账。回到所谓"《传奇》时代的张爱玲，布局铺排的草蛇灰线，多能首尾呼应，少见十三不搭的局面。《小团圆》出现了'根本没有作用'的段落，可见结构之松散"，并不能据此断言"败笔"，因为即便是传统小说，也不一定非要"布局铺排的草蛇灰线，多能首尾呼应"不可。胡适说："在论理学上，往往有人把尚待证明的结论预先包含在前提之中，只要你承认了那前提，你自然不能不承认那结论了：这种论证叫做丐辞。……丐辞只是丐求你先承认那前提；你若接受那丐求的前提，就不能不接受他的结论了。"(《评论近人考据〈老子〉年代的方法》)"丐辞"，即begging the question，意为"用未经证明的假定作为论据来辩论"，我们的批评常常难以避免。报载某老先生曾"甚为激动，大骂《小团圆》写得太不堪了"："张爱玲真是无聊透顶了，怎么能这样写？她和胡兰成的事，本来就是白圭之玷，还要这样渲染，还懂得美丑吗？……至于她对柯灵的丑化，在电车上对她耍流氓云云，看了也让人不舒服。张爱玲是柯灵提拔起来的，怎么能这么写？"这里所说即为"丐辞"，因为首先必须确认"白圭之玷不能渲染"，以及"受人提拔不应丑化"，指摘才能成立；更遑论"白圭之玷""受人提拔"，以及小说所写能否"对号入座"，都还有待论证。

不喜欢、不接受《小团圆》者，很容易找到心理支持，即张爱玲曾有"遗嘱"说"《小团圆》小说要销毁"。对此持怀疑态度的人则提出，之后台湾皇冠出版的《张爱玲全集》，仍然预告《小团圆》行将问世。现在《小团圆》已经出版，说宋以朗之于张爱玲有如布洛德之于卡夫卡，或者说此种比拟不当，都已失去意义。而卡夫卡请求布洛德将自己"所写的一切（刊登在报刊杂志上的作品、手稿或者信件）""都毫无例外地予以焚毁"时，曾提到"在我的全部文字中，只有《判决》《司炉》《变形记》《在流放地》《乡村医生》和一个短篇故事《饥饿艺术家》还可以"，后来又有多少读者和研究者留意这两类作品的区别呢？有人则说："就算张爱玲生前不完全放弃出版的念头，想她也不会愿意以修改中的'未完成'稿出版。"其实布洛德"背叛遗嘱"出版的卡夫卡所著《诉讼》《城堡》等，都是"未完成稿"，更谈不上修改了；文学史上此类事例甚多，如福楼拜的《布瓦尔与佩库歇》、狄更斯的《埃德温·德鲁德》、托马斯·曼的《骗子费利克斯·克鲁尔的自白》，皆为不朽之作。

对一本书说"好"说"坏"容易，真正理解则难，而理解未必意味一定说"好"。仍以《小团圆》为例。有论家说："她（指张爱玲）太爱自己、只爱自己，决不忍对自己动刀。这是张承志鄙视她的原因，我怀疑也是众人对她有兴趣的原因：一个毫不利人、专门利己的作家，一个曾把这种质量竟表达得如此华美如此感伤的作家——但年轻时的自私或许是自傲，到了《小团圆》，老来自私就让人不忍看，不知她何以无自尊至此。"朱天文接受采访时则说："现代小说家是多疑的，自我解剖，很自苦，人家没有这样要求你，你却对自我探索、自我挖掘绝对不手软，跟写实主义非常不同。所以卡夫卡才会说：现代主义小说家是在拆自己生命的房子，去盖他小说的房子。《小团圆》更是这样，张爱玲把她家族所有的人，所有的故事都拆解了。天心说：'如果说我对她保留最后的敬意，那是因为她是一个忠于职守的现代小说家，像一个老将军，最后还战死在自己的沙场上。'我觉得《小团圆》是求恶得恶。有所谓大叩大鸣、小叩小鸣，还可以再加一个善叩善鸣、恶叩恶鸣。善跟恶，我并不把它落在道德上，它就是一个世界的两面，一个光亮一个阴影，你去叩它善的话，回的是一个善鸣，你去叩它恶，它回一个音给你也是恶。其实张爱玲过往的作品也都是恶叩恶鸣，但因为年轻，本身释放出一种神采跟光辉，即便是恶，也带着神采，但是到了《小团圆》，我觉得那个光辉的东西没有了。"这里两种看法，归根结底都不喜欢《小团圆》，却有没看懂与看懂了的区别。

鲁迅在《立论》中讲过一个故事："一家人家生了一个男孩,合家高兴透顶了。满月的时候,抱出来给客人看,——大概自然是想得一点好兆头。一个说:'这孩子将来要发财的。'他于是得到一番感谢。一个说:'这孩子将来要做官的。'他于是收回几句恭维。一个说:'这孩子将来是要死的。'他于是得到一顿大家合力的痛打。"所谓"善叩善鸣",就是说"这孩子将来要发财的""这孩子将来要做官的";"恶叩恶鸣",就是说"这孩子将来是要死的"。鲁迅说:"说要死的必然,说富贵的许谎。"也许这世界需要有人许一点谎,然而张爱玲不在此列,她一辈子只肯说"这孩子将来是要死的"。我觉得她在《小团圆》里说得最绝决、最深刻了。

二〇〇九年十二月二十五日

张爱玲文话

张爱玲生前，皇冠文化出版有限公司出版其全集十六卷。她身后又有别人所编《同学少年都不贱》（二〇〇四年二月）、《沉香》（二〇〇五年九月）和《重访边城》（二〇〇八年九月）印行，分列《张爱玲全集》第十七、十八和十九卷，增收《四十而不惑》《一九八八至——？》《有几句话同读者说》《〈太太万岁〉题记》《〈亦报〉的好文章》《信》《回顾〈倾城之恋〉》《对现代中文的一点小意见》《忆〈西风〉》《重访边城》《天地人》等十一篇散文。

《同学少年都不贱》另收"译作四种"，有两种是《爱默森的生平与著作》《梭罗的生平与著作》，原载林以亮编《美国诗选》（今日世界出版社一九六一年出版）。该书体例如编者序所言："在每位诗人的译诗之前，总有一篇极详尽的文章，介绍这位诗人的生平和著作，也等于是一篇小传和介绍。"在目录中，文章与译诗是分列的。在正文中，《爱默森的生平和著作》和《梭罗的生平和著作》署"张爱玲"，后面的诗歌另署"张爱玲译"。

复查《爱默森的生平和著作》及《梭罗的生平和著作》二文内容，只是介绍爱默森、梭罗的生平和著作，并无一语解说她所翻译的诗作，甚至没有提到这些作品的名字，可知两篇文章与翻译的诗作之间并无直接联系。《美国诗选》一书有些介绍文章与译诗非出自同一人之手，如余光中作《克瑞因的生平和作品》《佛洛斯特的生平和作品》《桑德堡的生平和作品》《蒂丝黛儿的生平和作品》，克瑞因的诗系邢光祖译，佛洛斯特的诗系梁实秋、余光中、夏菁、林以亮译，桑德堡的诗系邢光祖译，蒂丝黛儿的诗系余光中、林以亮译，林以亮作《艾肯的生平和著作》，艾肯的诗系林以亮、余光中译，这更说明介绍文章与译诗并非不可分割。

《同学少年都不贱》目录及正文中，将原来《美国诗选》中分别排列的文章与译作混为一体，张爱玲所写文章遂被误认为译作了。

我编简体字版《张爱玲全集》，即将《爱默森的生平和著作》和《梭罗的生平和著作》二文收入散文卷，而张爱玲所译爱默森和梭罗的诗则拟收入翻译卷。散文卷还增收了《汪宏声〈记张爱玲〉书后》(载一九四四年十二月上海《语林》第一卷第一期，原无题)、《致〈力报〉编者》(载一九四四年十二月上海《春秋》第二年第二期，原无题)、《不得不说的废话》(载一九四五年一月《语林》第一卷第二期)、《秘密》(载一九四五年四月一日上海《小报》)、《丈人的心》(载一九四五年四月三日上海《小报》)、《吉利》(载一九四五年四月上海《杂志》第十五卷第一期)、《人间小札》(载一九七八年四月十一日台北《中国时报·人间》)和《编辑之痒》(载一九九三年十二月二十八日台北《联合报》副刊)等八篇散文。

以后陈子善又发现了张爱玲的《炎樱衣谱》(载一九四五年四月六日、七日、八日、九日上海《力报》)。

张爱玲《〈张看〉自序》中有段话："因此我同意唐教授将这些材料寄出去，刊物由他决定。一方面我写了一段简短的前言，说明这两篇小说未完的原因，《幼狮文艺》登在《连环套》前面。《文季》刊出《创世纪》后也没有寄一本给我,最近才看到,前面也有删节了的这篇前言。"所云"前言"向未收入集中。另外陈子善著《这些人,这些事:在文学史视野下》中影印了张爱玲《〈草炉饼〉后记》手迹,也是一篇集外文。我因给皇冠编辑金文蕙写信,请她查一下两篇文章的出处。金小姐不仅找到了《〈连环套〉〈创世纪〉前言》(载一九七四年六月号《幼狮文艺》,原无题)、《〈草炉饼〉后记》(载一九九〇年一月二十日《联合报》副刊),还发现了一篇《把我包括在外》(载一九七九年二月二十六日《联合报》副刊)。另外一九八三年十二月号《皇冠》发表的《惘然记》还有一篇"前言",收入书中时被删掉了。这些分别增收进皇冠文化出版有限公司二〇一〇年四月出版的《张爱玲典藏》之第十一卷《华丽缘》、第十二卷《惘然记》和第十三卷《对照记》。

前不久我去香港拜访宋以朗时,得阅张爱玲手稿若干。其中有一篇题为《后记》的文字:

"洛杉矶时报有个副刊题名 *View*(观赏),兼收社交时装占星,以及妇女问题信箱,书评与连环图画。一九九四年五月改名 *Life and Style*(生活与时尚),将流行名词life style（生活作风，一般专指豪华或放浪的生活作风）一分为二，既浑成又俏皮。又新辟一个笑话专栏*Laugh Lines*，要读者听见什么笑话就寄给他们。我不是订户，只隔几天买份报，所以不太确定副刊改名的日期，反正大概是五月。

"在这以前一年，一九九三年三月号的皇冠登载我这篇《笑纹》，文内说笑话专栏可以叫*Laugh Lines*。现在洛杉矶华人多，不是不可能有皇冠读者向这美西第一大报建议采用这名称。当然也无法指控他们抄袭，只能相信纯属巧合。倒是我需要声明我不是剽窃。

"顺便再提一声，这里的五篇散文前三篇是一九四四年的作品。头两篇是我将《倾城之恋》小说改编为舞台剧，上演时写的。"

我还看到一封张爱玲给皇冠编辑方丽婉的信，无写作时间，唯云"祝暑祺"，所谈的是《对照记》单行本勘误问题。《对照记》一九九四年六月在台湾出版，七月在香港出版，信中云"万一港版还没付印"，估计写在当年六七月间。然查港版一印错如台版，或许未及改正。信中又云"卷尾还要再加上附寄来的《后记》"，即指此文。

但《对照记》以后各版不见收录，此文亦未发表。

《对照记》包括《对照记》和《散文六帙》两部分。"六帙"依次为：《罗兰观感》，《被窝》，《关于〈倾城之恋〉的老实话》，《"嗄？"？》，《草炉饼》，《笑纹》。上面那篇后记应该是《笑纹》的，故云"这里的五篇散文"，《笑纹》不计算在内。类似情况有《张看》一书卷末《附记》，上来说"以上两篇'少作'近来又陆续出土了"，实为该书末尾两篇《论写作》和《天才梦》的附记，目录里没有列出。

《后记》中说"前三篇是一九四四年的作品"，指《罗兰观感》《被窝》和《关于〈倾城之恋〉的老实话》；"头两篇是我将《倾城之恋》小说改编为舞台剧，上演时写的"，却与"六帙"排列顺序不合。这说的是《罗兰观感》和《关于〈倾城之恋〉的老实话》，而《被窝》与该话剧无甚关系。按照张爱玲的意思，似乎《被窝》和《关于〈倾城之恋〉的老实话》应该调换一下位置。

二〇一〇年六月二十一日

附记

简体字版《张爱玲全集》散文卷,以后又增收了《异乡记》(据手稿)、《寄读者》(载一九四六年八月二十五日《诚报》)、《年画风格的〈太平春〉》(载一九五〇年六月二十三《亦报》,署名梁京)、《爱憎表》(据手稿)等篇。另有《张爱玲女士来函》(载一九四四年八月二十八日《海报》)、《不变的腿》(载一九四六年六月十五日《今报》,署名世民)待补入。

二〇二〇年八月十一日

《异乡记》杂谈

张爱玲在《惘然记》中说:"此外还有两篇一九四〇年间的旧作。《联合报》副刊主编痖弦先生有朋友在香港的图书馆里旧杂志上看到,影印了两篇,寄来问我是否可以再刊载。一篇散文《华丽缘》我倒是一直留着稿子在手边,因为部份写入《秧歌》,迄未发表。"对此我曾有疑问:第一,一九四七年四月《华丽缘》在《大家》第一期揭载,杂志"编后"将该篇当作"张爱玲小姐的小说""郑重向读者介绍",并说:"张爱玲小姐除掉出版了《传奇》增订本和最近为文华影片公司编写《不了情》剧本,这二三年之中不曾在任何杂志上发表过作品,《华丽缘》是胜利以后张小姐的'试笔',值得珍视。"然而作者自己却称之为"散文"。第二,《华丽缘》并无"部份写入"《秧歌》,说它"迄未发表"也与"在旧杂志上看到"抵牾。

现在看到张爱玲的遗作《异乡记》,我才明白"一直留着稿子在手边""迄未发表""部份写入《秧歌》"的,其实是《异乡记》。《华丽缘》与《异乡记》性质相当,乃纪实作品,所以说是"散文"而非"小说"。

《华丽缘》与《异乡记》写的都是张爱玲一九四六年初从上海去温州途中的见闻。宋以朗提到《异乡记》"只第九章有一句提及《华丽缘》的社戏,却没有详细描写",那一句是:"这两天,周围七八十里的人都赶到闵家庄来看社戏。"作者将此单独写成《华丽缘》交付发表,而《异乡记》只保留下来一个写满八十页的笔记本,后面部分已经遗失。

作者后来写《小团圆》,第九章系由《华丽缘》删节而成;第十章前八个自然段与《异乡记》残稿内容相合,不过简略多了。

《华丽缘》被《大家》误认为小说,编者除了不了解所写内容并非虚构——外人大概根本不知道作者曾有温州之行——还可能将文中的"我"当作小说的第一人称叙述者了,以为就像张爱玲著《殷宝滟送花楼会》中的"我"。那实际上还是一个人物,虽然那里"我"被殷宝滟径直称作"爱玲"。而《华丽缘》以及《异乡记》中的"我",其实是作者自己。

查看《异乡记》手稿,前两页和第三页开头,"我"系涂改而成。最初或有名字,但已无法辨认;或写作"她"。从第三页起,直接写作"我"了。第二章中"我"还有个"沈太太"的称呼,共出现两次:

"好容易等到闵先生来了,给我介绍说:'这是沈太太。'讲好了让她在这里耽搁两天,和蔡太太一床睡,蔡先生可以住在医院里。"

"闵先生笑着说:'明天要走了。……要走了,下次来一定陪蔡太太打牌。——沈太太已经睡了么?'我面朝里躺着。听到闵先生的声音,彷佛见了亲人似的,一喜一悲,我一直算是睡着了没作声,可是沿着枕头滴下眼泪来了。"

显然"沈太太"只是文中闵先生对别人的说法,亦即后文所说"依照闵先生所编的故事,我是一个小公务员的女人,上×城去探亲去的",是对"我"的身份的一种掩饰。在前一例中,在"沈太太"之后特地用了一个"她"

字,仿佛暗示"我"对此并不认同。

不过就像《华丽缘》中的"闵少奶奶",《异乡记》中其他人物也都不用真名。"闵先生",据胡兰成著《今生今世》,真名叫斯颂远;此外姑姑写作"二姨"、胡兰成被"我"称为"拉尼"等等,倒近乎小说写法了。至于文中的地名,多半都是真的,写作"永浬"以及"×城""××"者,也许是当时她没听清楚,或没记清楚;只有一个"闵家庄",大概是依从"闵先生"而取的名字,《今生今世》只说那里是"斯宅"。

宋以朗说:"重看了张爱玲部分作品后,我终于明白《异乡记》的两重意义:它不但详细记录了张爱玲人生中某段关键日子,更是她日后创作时不断参考的一个蓝本。"《异乡记》作为素材,先后被张爱玲用进《半生缘》《秧歌》《赤地之恋》《怨女》和《小团圆》中。

这里最重要的,可能还是《异乡记》"部分写入《秧歌》"。宋以朗列举了"如《秧歌》第一章写茅厕、店子、矮石墙,以及谭大娘买黑芝麻棒糖一段,都见于《异乡记》第五章;《秧》第六章写'赵八哥'一节,则本于

《异》第九章写的'孙八哥';《秧》第十一章把做年糕比作'女娲炼石',见《异》的第四章;《秧》第十二章写杀猪,则出自《异》的第五章",而《异乡记》手稿第七章某些修改痕迹,显然是后来"写入"《秧歌》第五章时留下的。

如手稿第四十二页,最初写道:"晒着太阳,女人腰里痒起来,掀起棉袄看看,露出黄白色的肉。抓了一会,她疑心是男人的棉袄上有虱子,又把他那件棉袄摊开来看看,然后把他的袖子掏出来,继续补缀。"

修改为:"晒着太阳,月香觉得腰里痒起来,掀起棉袄看看,露出一大片黄白色的肉。抓了一会,她疑心是男人的衣服上有虱子,又把他那件棉袄摊开来看看,然后把他的袖子掏出来,继续缝补。"

再看《秧歌》:"太阳晒在身上暖烘烘的,月香觉得腰里痒起来,掀起棉袄来看看,露出一大片黄白色的肉。她搔了一会痒,把皮肤都抓红了,然后她突然疑心起来,又把金根那件棉袄摊开来,仔细看了看,什么都没有。于是她又把他的袖子掏出来,继续补缀。"

第四十三页,初稿:"一只狗钻到男人椅子底下。在他的臀后摇着蓬松的尾巴。"

修改:"一只狗钻到男人椅子底下。一根蓬松的尾巴在他的臀后摇摆着,就像是金根的尾巴一样。"

《秧歌》:"一只黄狗钻到金根椅子底下寻找食物。一条蓬松的尾巴在金根背后摇摆着,就像是金根的尾巴一样。"

同页,初稿:"男人先吃完,掇转椅子,背对着女人,伛偻着抽旱烟。"

修改:"金根先吃完,他掇转椅子,似乎是有意地,把背对着月香,伛偻着抽旱烟。"

《秧歌》:"金根先吃完,他掇转椅子,似乎是有意地,把背对着月香,佝偻着抽旱烟。"

这也就是《异乡记》中出现《秧歌》的人物金根、月香名字的缘由。

附带提一下,柯灵在《遥寄张爱玲》中说,张爱玲"平生足迹未履农村,笔杆不是魔杖,怎么能凭空变出东西来!这里不存在什么秘诀,什么奇迹",实际上张爱玲写《秧歌》,有关农村的生活经验就来自《异乡记》所记录的当年的温州之行。柯灵对此似无所知。

二〇一〇年四月十日

《重访边城》原稿校读记

宋以朗《发掘〈重返边城〉的经过》云:"《重访边城》的原稿有些混乱,可能因为还是初稿,未经修饰,不宜出版。我不是文学专家,所以我交给皇冠编辑,因为他们跟张爱玲合作四十多年,一定清楚'祖师奶奶'的标准。基于文学价值与历史价值,他们对出版的态度是肯定的。"张爱玲著《重访边城》二〇〇八年九月由皇冠文化出版有限公司出版,卷首"编辑说明"有云:"《重访边城》的手稿由于年代久远,部分字迹已模糊难辨,书中将以空格代替。"

我查自己的日记,二〇〇八年九月七日,"校张爱玲《重访边城》一文"。系为出简体字版,以皇冠版为底本,参校张爱玲手稿复印件。手稿计三十四页,确如宋以朗所说"非常混乱",尤以末尾部分为甚。皇冠编辑已理出前后次序,惟空格稍多,读之不便。经仔细辨认,终于补齐了。此外脱字、错简,亦予订正。

皇冠版第四十三页:"这样□□,自然见闻很少。"二字为"谋犹"。《诗经·小雅·小旻》:"我视谋犹,伊于胡底。"

第四十六页:"在饭店门口作别,不往天星码头走,需要□□。"二字为"解释"。

第四十七页:"黄昏的时候看书就得夜盲症,那是个禁忌的时辰,仿佛全凭□想,不科学。"该字为"联"。

同页:"不过一向没注意,这下子好了——正赶着这时候壮着胆子不去想香港那些太多的路劫的故事,索性瞎了眼乱闯,给捅一刀也是自讨的。""这下子好了"当作"这下子好!"

第四十八页:"要防街边更深的暗影中窜出人来,因此在街心只听见石板路□□□的脚步声。"此处为"渐渐"二字。

同页:"古老的街道没有骑楼,□直,平均地往上斜,相当阔,但是在黑暗中可宽可窄,一条黑胡同。"该字为"毕"。通作"笔直",但张爱玲习惯写"毕直",如《郁金香》:"荣妈是个大家风范的女仆,高个子,腰板挺得毕直,因为是旗人;一张忠心耿耿的长脸,像个棕色的马。"《小团圆》第三章:"她常说'年青的女孩子用不着打扮,头发不用烫,梳的时候总往里卷,不那么毕直的就行了。'"第五章:"夜间她在浴室灯下看见抽水马桶里的男胎,在她惊恐的眼睛里足有十时长,毕直的欹立在白磁壁上与水中,肌肉上抹上一层淡淡的血水,成为新刨的木头的淡橙色。"第六章:"一进园门,苍黄的草地起伏展开在面前,九莉大叫一声,狂奔起来,毕直跑,把广原一切切成两半。"第十二章:"九莉见过这范妮一次,是个中国女孩子,两只毕直的细眼睛一字排开,方脸,毕直的瘦瘦的身材。"

类似的作者习惯用法,《重访边城》中还有几处,如第十五页,"往往路边的两层楼店面房子太猥琐","猥琐"原作"萎琐";第二十页注释,"不屑地撇着嘴","撇着嘴"原作"披着嘴"——此词亦见《小团圆》:"披着嘴一笑,看扁了他。"第五十六页,"它自有它完整的亘古的存在","亘古"原作"恒古"。

第四十九页:"但是那故乡气的市集,现在的香港哪还会有?""那故乡气"当作"那样乡气"。

第五十页:"□区与中环没有婴儿,所以一时想不到。"该字为"校"。

第五十一页:"在清初'十三行'时代——十三个洋行限设在一个小岛上,只准许广州商人到岛上交易——是唯一接近外国的都市,至今还有炸火腿三明治这一味粤菜为证。"按,句首脱"广州"二字。原稿中作者将二字删去,又标一小三角,是恢复之意。

第五十二页:"'老李婆的扎脚裤尿臊臭,'我姑姑也□□这笑话。"此处实为"听见过"三字。

第五十三页至五十四页下列文字情况较为复杂,兹据原稿补足脱文,调整错简,并以黑体字表示,加方括号者则应删去:

"唐宋的人物画上常有穿花衣服的,大都是简化的团花,可能并不忠实复制原来的图案。衣服几乎永远是淡赭色或是淡青,石青,石绿。[当然,这不是说这些冲淡的色调不是适应国画的风格。]**出名的'青衣''乌衣'**从来没有。是否是有一种不成文法的自我约束？

"中国固有的丝绸棉布都褪色，所以绝大多数的人在绝大多数的时候都是穿褪色的衣服，正如韩国的传统服装是白色，因为多山的半岛物产不丰，出不起染料钱。中国古画中人物限穿淡赭，石青，石绿，淡青，原来是写实的，不过是褪了色的大红大绿深青翠蓝。中国人最珍爱的颜色。'青出于蓝而胜于蓝'，'红男绿女'——并不是官员才穿大红袍的。后人作画墨守成规，于是画中人穿那种冲淡的颜色。**当然，这不是说这些冲淡的色调不是适应国画的风格。**"

第五十四页："倒不是绘画的影响，而是满清入关，满人不是爱红的民族，清宫的建筑与室内装修的色调都趋向苍□，上行下效，一方面物极必反，汉人本来也已穿厌了'鲜衣'。"该字为"淡"。

第五十五页："此外大红大绿只存在于婚礼中，而婚礼向来是古代习俗的废纸篓，'儿女□□□'中安志节的考据，也都是当时已经失传的□节了。""儿女"后原为"○○○"，是"英雄传"的省笔，"安志节"应为"安老爷"；末句中的缺字，则是"仪"。

第五十七页以下文字，也有脱字与错简，兹据原稿补足、调整，分段亦依原稿：

"是什么时候绝迹于中原与大江南北，已经不可考了。港战后被我带回上海，**陆续**做了衣服穿，一般人除了觉得怪，并不注意，只有偶而个把小贩看了似曾相识，凝视片刻，若有所悟，脸上浮出轻微的嘲笑。大概在乡下见过类似的破布条子。［当然没穿多久就黯败褪色了。像抓住了古人的衣角，只一会工夫，就又消失了。］

"共产党来了以后，我领到两块配给布。一件湖色的，粗硬厚重得像土布，我做了件唐装喇叭袖短衫，另一件作了条雪青洋纱裤子。那是我最后一次对从前的人牵衣不舍。**当然没穿多久就黯败褪色了。像抓住了古人的衣角，只一会工夫，就又消失了。**"

第五十八页："宁可冒身体发肤的危险去躲它，倒偏偏狭路相逢，而且是在这黑暗死寂的空街上，等于一同封死在铁桶里，再钟爱的猫也会撕裂你的脸，抓瞎你的眼睛。"句首衍"宁"字。

第五十九页："货比三家不吃亏，我这家走到那家，柜台后少年老成的青年店员穿着少见的长袍——不知道是否为了招徕游客——袖着手笑嘻嘻的,在他们这不设防城市里,好像还是北宋的太平盛世。""货比三家"应为"货买三家"。

第五十九页至六十页以下文字,又有脱字错简,仍据原稿补足、调整:

"我买了两只小福字颈饰,串在细金炼条上。归途还是在黑暗中,不知道怎么仿佛安全了点。其实他们那不设防城市的默契——如果有的话——也不会延展到百步外。刚才来的时候没遇见,还是随时可以冒出个人影来。但是到底稍微放心了点,而且眼睛比较习惯了黑暗。这才看到拦街有一道木栅门,不过大敞着,只见两旁靠边丈来高的卅字架。大概门虽设而长开。传说贾宝玉沦为看街兵,不就是打更看守街门?更鼓宵禁的时代的遗迹,怎么鹿港以外竟还有?**当然,也许是古制,不是古迹。但是怎么会保留到现在,尤其是这全岛大拆建的时候?香港就是这样,没准**。从前买布的时候怎么没看见?那就还是不是这条街,真想不到,临走还有这新发现。

"〔当然,也许是古□,不是古迹。但是怎么会保留到现在,尤其是这全岛大拆建的时候?香港就是这样,没准。]忽然空中飘来一缕屎臭，在黑暗中特别浓烈。不是倒马桶，没有刷马桶的声音。晚上也不是倒马桶的时候。也不是有人在街上大便，露天较空旷，不会这样热呼呼的。那难道是店面楼上住家的一掀开马桶盖，就有这么臭？[而且]**是真**还是马可孛罗的世界，色香味俱全。我觉得是香港的临去秋波，带点安抚的意味，[若]**看**在我忆旧的份上。在黑暗中我的嘴唇[旁]**牵**动着微笑起来，但是[我]毕竟笑不出来，因为疑心**我**是跟[它]**香港**诀别了。"

        二〇一〇年二月二十日

由舒芜之死而想到的

舒芜说:"由我的《关于胡风的宗派主义》,一改再改三改而成了《关于胡风反革命集团的一些材料》,虽非我始料所及,但是它导致了那样一大冤狱,那么多人受到迫害,妻离子散,家破人亡,乃至失智发狂,各式惨死,其中包括了我青年时期几乎全部的好友,特别是一贯挈我掖我教我望我的胡风,我对他们的苦难,有我应付的一份沉重的责任。"这番话他至少讲过两遍。假如不是特为强调"虽非我始料所及",那么对他来说,死恐怕多少是种解脱。虽然他所说的"责任",并不会因其辞世而被人们淡忘。舒芜一生勤于著述,直到去年还开博客,然而要论定其学术成就,尚且言之过早,但是他在胡风事件中的所作所为,肯定"永载史册",百年甚至千年后,我想都会有人提及。

舒芜被称为"争议较大的人物";说来有"争议"的,不过是"应付的一份沉重的责任"到底多大,以及他的反省深刻与否而已。后一问题尤为论家看重,苟能满意,前一问题或许竟可宽宥。我却觉得,此类反省的意义仅在于当事人自己。常见"×××,你为什么不忏悔"之类呼吁,藉此的确可能使忏悔者实现自我救赎,但是这既不能代表,更不能取代大到整个民族,小到知识界的集体救赎。舒芜说了他所愿意说的;有人要求他说得更多、更深,有人以为够了。然而我们原本不能也不应通过舒芜个人来完成对当年那一事件及其"责任"的反省。

有人说:"如果不是舒芜的'揭发'和上纲上线,并提供那些书信,就不会产生一个子虚乌有的'胡风集团',成为一个巨大的政治事件,牵涉到那么多的人。"又有人说:"可以设想,即使舒芜根本没有写批评揭发胡风的文章,即使他追随尊崇胡风的态度一直没有改变,清算胡风的事件同样会要发生。"前者仅将当年所发生的视为偶然事件,后者则有抹杀已经存在的事实之嫌。另有人说:"在这一事件中,舒芜是有责任的,但主要不在他个人身上。""主要不在"既不能说明他没有责任,更不能改变其责任的恶劣性质。有朋友讲:"在那个特殊年代,揭发交代别人的事并非少数,舒芜只是大事件里的小人物,不幸由他这小人物惹起大祸,让他成为著名的悲剧人物。"假若"小人物"系"微不足道"之意,恕我不敢苟同。舒芜在中国历史上的影响绝对不小,极而言之,降低了传统的道德底线,破坏了正常的人际关系,恶化了基本的生存环境。上世纪五十至七十年代,许多中国人不敢在私信中吐露真实想法,亦不敢保存此类信件,甚至主动上交,追根溯源,不能说与舒芜当年之举全无关系。

"胡风事件"自然不应"完全由舒芜一人顶罪",前引第二和第三种说法,其实都有部分道理。论者常常由此谈到"体制",体制的作用肯定比舒芜的作用大,但只见体制,不见舒芜,有如只见舒芜,不见体制,都不对。进一步说,我很怀疑体制与舒芜可以分开来谈。他们之间是种由共犯而共生的关系,彼此相辅相成。而且构成此种关系的不止这两方。那些赞同、附议或默认舒芜所作所为的人,那些主动、被动参与其中的人,乃至那些置身事外的人，也当包括在内。这当然不限于中国知识界。在我看来，此种关系，才是真正的"体制"；而论者所说的，只是"权力"。我曾引约瑟夫·E.珀西科著《纽伦堡大审判》的一段记载形容舒芜及其同时代人。海军上将邓尼茨的辩护律师奥托·克兰茨比勒因法庭所揭发的事实而"面临着一种自我的反质"："他对发生过的事一无所知吗？如果是那样，他一定是个白痴。他参与其中了吗？如果他参与了，那他一定是个罪犯。他是否了解内情，但并未亲自去干？如果是那样，他一定是个懦夫。各种选择，要么是白痴，要么是罪犯，要么是懦夫，都使克兰茨比勒沮丧不已。"安杰依·瓦伊达导演的影片《卡廷森林》从另一角度揭示了类似问题。卡廷惨案的辛存者耶尔齐少校战后希望惨案真相大白天下，但却有心无力，只能屈从于真相被掩盖的现实。当他向遇害将军的遗孀承认其所属部队在战争期间遵从斯大林的要求，配合证明了"苏联方面对卡廷惨案所作调查的公正性"时，将军夫人说："这是个谎言，你是知道的。苏联人一定会撒谎来掩盖他们的罪行。但是你不需要这样做，你也不可以这样做。你应该为事实真相作证。"上校以"我们要生存，我们必须活下去"的理由为自己的行为辩护。将军夫人说:"你的想法也许与别人不同,但是你的做法与别人一样,那么,想法不同又有什么意义呢?"而我所以强调个人反省之外应有集体反省,自我救赎之外应有集体救赎,目的即在于此。

二〇〇九年八月二十三日

《上水船集》编后记

 这里汇编谷林先生未收入《情趣·知识·襟怀》（一九八八）、《书边杂写》（一九九五）和《淡墨痕》（二〇〇五）的文章，共计一百七十二篇。似乎应称之为"集外文"。但作者说："小书'情趣'，曾拟题作'上水船集'。上水船乃吾乡俗语，意谓虽费尽力气，终究寸迟尺滞，不能速达也。盖喻作者之拙钝而已。"（二〇〇五年一月二十二日致徐明祥）出版社怕影响销路，因改现题，他以为"实在不得体"（一九九七年六月五日致止庵）。我想这回不如就用此书名，以偿故者遗愿。而《情趣·知识·襟怀》题记所述："我文思迟钝，每感手不应心。时欲曲尽胸臆，求安一字，竟也有过'旬月踟蹰'的苦辛，此所谓'上水船'也。自然没有容与中流之乐，而打桨摇橹则是加倍的费劲。但不是说'生命在于运动'吗？这倒是颇有分量的运动。积渐遂以为亦生命之所寄，尽管气喘吁吁，而居然龟蹀牛步，踽踽不已了。"正好用来形容这部新书。书分甲、乙两册；又找到一篇遗稿《自述》，置诸卷首。

先生曾说："目下是又另有两起出版单位希望我把近几年所写旧稿整理出书，颇觉相当费事，如今我不大买书，故不图稿费；夕阳含山，更不图身后名，所以并不积极，故一边推拖，一边拉扯，简直有点进退维谷的味道。"（二○○二年十一月二十九日致劳祖庚）是以他虽勤于写作，生前结集却不多；集外文的篇幅几与三本集子相埒，水准则旗鼓相当。

《上水船集》面世，读者当更能知道谷林先生文章之好。几年前我写文章说，辽教那套"书趣文丛"所收皆为新著，价值或许有待时间考验，然而其中至少一册《书边杂写》，敢断言是经典之作，可以泽及后世。现在更不妨说：中国近三十来的读书随笔——另外有个名目叫"书话"，但我一向不大喜欢这说法——大概要推谷林先生之作为最佳。我还曾说，谷林先生那一辈作者中，有比他作品多的，却不及他文字精致；有比他声名大的，却不及他见解通达。他所受时代局限甚少，既不泥古，亦不趋时。假若但见辞章之美，或以小品目之，未免浅尝辄止，舍本求末了。

本书中谈论语文问题文章颇多，乃与从前叶圣陶、吕叔湘、陈原诸位所作一脉相承。谷林先生说："我在重读一些被印出来的自己的文字的时候，发现还有需要修改的地方，总是很不安。人们往往免不了会说错一些话，要求'足赤'是办不到的；但是经过冶炼，要求成色好一些，却是可以办到也是应该办到的。"(《咬文嚼字》)这是我们常常想不到，或想到而做不到的。先生文章发表后每有修正，或重新誊抄，或改在自存剪报上。《上水船集》收录的，相当一部分是遗属提供的修订稿。此外沈胜衣、扬之水、谢其章、黄成勇、韩小蕙、陆灏、董宁文、谭宗远、刘经富、王稼句等也给我不少帮助。目下所见谷林先生集外文全数在此，容有遗漏，将来再行补入。各篇皆按发表先后排列，个别篇章注明写作日期，据此稍调整顺序。对明显笔误或排印错误酌予订正，其余一仍其旧。

各篇篇末，对最初发表时间、所载报刊及作者署名——署"谷林"者略——略作说明。

先生逝世后，不止一位读者要我编一部《谷林集》。我想凡事先难后易，把集外文编得了，将来与作者生前出版的《情趣·知识·襟怀》、《书边杂写》、《淡墨痕》（删去插图）、《答客问》（删去附录二、三）和《书简三叠》合在一起，就是《谷林集》了。

二〇〇九年十一月四日

"六言诗案"及其他

二〇〇五年夏天,我去拜访谷林先生,闲谈之际,老人让我看一张两天前的《文汇报》,上有黄裳的文章《胡适的六言诗》,开头说:"近来读谷林的《淡墨痕》,中有'陈光甫和胡适'一文,说起胡适那首著名的六言诗,即'偶有几茎白发'……云云的那一首。"胡适这首于抗战爆发他初任驻美大使时所写的诗,谷林先生在文章中誉之为"辞气壮怀激烈,感慨动人";后来却被人当作胡适一九四七年向蒋介石的效忠词来批判了。谷林先生举唐弢的两段话为例,慨叹"考掌故,治历史,真是差以毫厘,失之千里"。黄裳则说,"谷林只见唐弢所作两篇,远非全貌",而一九四七年是黄裳在《文汇报》首次披露胡适的诗,撰写评论且组织文章、漫画予以批判——"当年我们就是这样工作的。痛快淋漓,今日回想,犹为之神旺"。按,一九五二年胡适曾将此诗编入《尝试后集》,题作《题在自己的照片上,送给陈光甫》,附记有云,有人"用'过河卒子'一句加上很离奇的解释,做攻击我的材料",说的正是"当年我们就是这样工作的"。

有关这个问题《文汇报》后来又登出两篇文章,一是周尊攘的《"六言诗案"能否"结案"》,一是黄裳的《答客问》。前者说:"我似乎感觉到黄裳先生也并非决不承认六言诗是旧作,但他却认为即使是旧作,也没有批错。"后者则说:"一九三八年胡适作六言诗言志,有句云'做了过河卒子,只有拼命向前',其时他的旧观念未必幡然改变,对新任务也只能干起来再说,'只有'二字,照传统诗话的说法,正是所谓'诗眼',含有显明的'知其不可为而为之'的深意。要读懂此诗,这正是关键。"按,胡适一九三八年十月三十一日日记:"光甫要我一张小照,我题小诗云:略有几茎白发,心情已近中年,做了过河小卒,只许拼命向前。"白吉庵著《胡适传》和颜振吾编《胡适研究丛录》所印胡适题赠陈光甫诗插页,作:

"偶有几茎白发,心情微近中年,做了过河卒子,只能拼命向前。"《尝试后集》所收,则作:"略有几茎白发,心情已近中年。做了过河卒子,只能拼命向前。"无论哪一版本,均无"只有"字样,"诗眼"云者,实为论者自说自话;且所谓"关键"基于"未必",亦属丐辞。

印象中,谷林先生对《胡适的六言诗》没说什么,亦未提起过《答客问》。近阅《谷林书简》一书,却找到一点线索:"我们自己的经验,大抵常先偶然读了一本书,感到兴趣,接着就会找寻这位作者,搜求他的著作,渐至入迷,不觉自己就成为如今所说的'粉丝',产生对这个作者的感情。我对黄裳的经历也大致如此。黄裳说他的孩子们喜欢他早年的作品胜过近年的新作,于是他编了一本《过去的足迹》。读者的口味随着自己的阅历和年岁也会变化,我自己也脱不出这样的圈子。"(二〇〇七年八月二十四日致荆时光)可知谷林先生对于黄裳,也是"喜欢他早年的作品胜过近年的新作"。

谷林先生把他"架上一堆集中放着的黄裳"送给了我。除《锦帆集外》(文化生活出版社一九四七年四月第一版)和《新北京》(上海出版公司一九五〇年十二月第一版)两种外,都是上世纪八十年代以后印行的,有十五六种,最末一本是《书之归去来》(湖北人民出版社一九九七年八月第一版)。先生原有旧版《锦帆集》,已赠送别人,见一九九六年十一月十日日记:"傅刚托觅黄裳作品。"十一月十七日日记:"检出《锦帆集》,加题记后去邮局挂号寄傅刚,经检视是民国图书,按信件计费,付1.1元。"给我的书里有两本"黄毛",谷林先生曾在《毛边书漫话》中提及:"我在自己的书架上粗略翻检一下,找到毛边书共得六种",其中"八十年代的初版书两种,《榆下说书》和《翠墨集》,都是黄裳的作品,皆系三联书店印行"。听谢其章君说,两书均较难得。深圳朋友胡洪侠、王磊皆为"黄迷",遂将"毛《榆》"送胡,"毛《翠》"送王。

谷林先生在《书边杂写》中说:"揣在'自家怀里'有什么好处呢?好在可以于书前书后天头地脚随意涂抹——有时摘抄相干甚或不相干的资料,有时记录阅读中一闪而过的飘忽联想,那至少比另外备办笔记本、日记册来得省事,也管用——倘若雨窗雪夜,有闲无聊,突然心血来潮,想要翻检一下记忆的夹袋那当儿。"他给我的几本黄裳的书，也有此类"书边杂写"。如《锦帆集外》扉页写着："文汇报把这位作者推荐给我。在他的对知堂的奚落中，我忽然发现他其实是知堂的深好者。"系针对集中《老虎桥边看"知堂"》一文而言。《书之归去来》中，《关于周作人》一文有批语若干，且摘抄两条：对"记得当我问到他投敌以后写过那么多文告、讲话，并做了那么多丑恶的表演时，他的反应是使我吃惊的。他坦然地不屑地说那些不过是做戏，仿佛完全不值一说"一段，批曰："丑恶的表演，谓之做戏是实话实说，予岂好辩哉，予不得已也。"对"只有当我问起，一向佩服倪云林的'一说就俗'的他何以在法庭上作出那么说不圆、讲不通的丑恶辩解时，他才颓丧地没有了话。今天想来，应该是倪云林的故事触到了他那个坚硬内壳的核心，才使他默然无语的"一段，批曰："颓丧地没有了话，然乎否乎？此时再作解说，岂非一说便俗乎？"

《谷林书简》中有些议论，与此相为表里。如："我买到一套《古今》，颇为自喜，听说黄裳曾另用笔名投稿，我还为此把刊中文章按笔名分别编写了一通存查，我并没有以为那不是关系军国的大事，倒反以为投稿比不投稿为好。……黄裳是否忌讳,我不问,人如问我,我也仍宣告我不讳忌。理究是非,准许犯错误;情论真伪,不可以作假。"(二〇〇七年六月二十九日致荆时光)若对比黄裳自己事后所说"实在走投无路了,这时周黎厂正逼稿甚紧,当时年少气盛,不免有点狂,气闷之余,就想如能从敌人手中取得逃亡的经费,该是多么惊险而好玩的事。于是下了卖稿的决心"(《我的集外文》),也许更显出"谷林先生有如此气度,真令人钦服"(《谷林先生纪念》)。我们这儿,未曾有过写《论俄国革命》的卢森堡、写《给卢那察尔斯基的信》的柯罗连科和写《一九八四》的奥威尔那样的先知先觉,谷林先生也只是后知后觉,但比不知不觉或以知觉的口吻作左论、唱高调者,要强得多。我推崇谷林先生"见解通达","所受时代局限甚少,既不泥古,亦不趋时",正是这个意思。时代局限,人人难免,但时代过去,局限仍在,就不能不说是自己的事了。

二〇一〇年一月二十三日

谈丐辞

坊间曾有一套"白银时代丛书",共六种,每种卷首都印了主编题为《辉煌的白银时代》的总序,上来就说:"兴许,读者们会问,为何突然间,在时隔半个多世纪以后,冒出一个俄国的白银时代,为何突然间要介绍白银时代的文学,要出'白银时代丛书'?这个问题提得好!"此语足发一噱,时隔多年,我的印象还很深。

这在逻辑学上,属于"丐辞"(begging the question),胡适《评论近人考据〈老子〉年代的方法》一文有所解释:"在论理学上,往往有人把尚待证明的结论预先包含在前提之中,只要你承认了那前提,你自然不能不承认那结论了:这种论证叫做丐辞。……丐辞只是丐求你先承认那前提；你若接受那丐求的前提，就不能不接受他的结论了。"

前些时我写《"六言诗案"及其他》，引用了黄裳《答客问》的一段话："一九三八年胡适作六言诗言志，有句云'做了过河卒子，只有拼命向前'，其时他的旧观念未必幡然改变，对新任务也只能干起来再说，'只有'二字，照传统诗话的说法，正是所谓'诗眼'，含有显明的'知其不可为而为之'的深意。要读懂此诗，这正是关键。"对此我说："所谓'关键'基于'未必'，亦属丐辞。"稍嫌简略，不妨多说几句："其时他的旧观念未必幡然改变"纯属推测，有待证实；须得把这推测当作前提，才能接受接下去说的"对新任务也只能干起来"以及"要读懂此诗，这正是关键"云云。这与那篇总序里，压根儿没人提问，却发出一声喝彩，如出一辙。

用我们平常的话说，丐辞就是不讲道理。翻阅书籍报刊，此种现象多有。再来举个例子。我曾说，黄裳很有书的学问，但他只有光谈学问时才好，若是说别的则经常是代表集体说的，这时的他也就丧失了自己，我不大信服他的见识。这是评论，没有建议；评论是"我觉得是怎么着",建议则是"我希望你怎么着"。黄裳近作《关于止庵》,却臆想出"止庵没有说出来的对我的建议",继而推论我的意思是"最好是告别现实回归'隐士',才是洁身自好的上好方法",并断言"这一'好意'的指点之真正用心是异常险恶的,值得深深警惕"云云,仍为丐辞。

在我看来,思想方法比思想本身更重要。丐辞实质上是一种思想方法。以黄裳而言,从《胡适的六言诗》《答客问》到这篇《关于止庵》,思想方法一以贯之。"后之视今,亦犹今之视昔。"对他我哪有什么"没有说出来的建议",说来其实是既缺兴趣,又没工夫。黄裳曾说:"止庵读书之勤奋,看电影之勤奋,以及工作之勤奋,都给人留下深刻的印象。"(《漫谈周作人的事》)虽系过誉,敢不以此自勉。

二〇一〇年二月二十八日

《老八舍往事》跟帖

"老八舍"是武汉大学一栋学生宿舍,该校中文系一九七八级学生曾住过那里。多年后,他们常聚在"老八舍网站"聊天,抚今追昔,又"以几位同学当年的日记为基础,勾勒出四年校园生活的大致轮廓,再通过网上的随意跟帖,去丰富和还原当年的诸多场景",编成这本《老八舍往事》。

这是一本很有意思的回忆录,尤其那些跟帖,相互或补充,或订正,竭力挖掘细节,追溯原貌。只是多采用流行的网络语言,诸如"俺""偶""东东"之类,读来与回忆内容及回忆者的年龄不很相称,感觉有点"隔"。

我读此书,勾起自己不少几乎忘了的大学时的回忆。

我很想跟帖,但自忖没念过武大住过"老八舍",怕没资格上那网站,那么写在这里好了。

书中"武汉大学七八级新生开始报到……"一则日记下,"他乡人"回复:"七七级高考时,我作为在校生也有幸参加。出榜时也达到了体检标准(每门课及格),但平均分差一分未到在校生的录取标准(八十分)。"我是一九七七年作为在校生参加高考的,同校报考的共一百多人,学生为主,也有老师。班主任很看重我,两天考四门,上下午都陪我去考场,等在门口,然后送我回家。第一门考理化。平生头一次参加此类考试,只见题目一大堆,好容易做完,粗粗检点一遍没有漏答的,就到了交卷时间;第二门考政治,还算顺利;第二天上午考语文,下午考数学,头天晚上我不慎中了煤气,头昏脑胀,语文好歹对付过去,数学则答错了最主要的一道题。班主任正是教数学的,听我一说就沉下脸来,转身走了。此后一个来月,都不怎么答理我。有一天,他忽然在楼梯口把我叫住,说高考分下来了,全校学生只有我过了录取标准:理化八十三分,数学八十分,语文九十分,政治九十七分——这大概是我平生与"政治"关系最密切的一次了。

暮色里他好像挺激动的,我就没敢问录取标准到底是多少。现在看了《老八舍往事》才知道。

"莫德万"回复:"我是我们寝室第四个到的。寝室里六个人,有三张上下铺的床,木质的,很陈旧。部队的排房里也是这种床,倒没什么不习惯的。只是我在上铺,铺床时,右脚差点踩空了。"我在大学的宿舍也住六个人,四张上下铺,两个上铺空着,堆放箱子之类。宿舍里的趣事甚多,且说一件:有天夜里我失眠,忽然听见对面下铺的同学说梦话:"我没参军,干吗叫我退伍哇?"其声凄切,闻之不禁落泪。

"清晨六点吹响起床号……"一则下,"老道"回复:"年龄最大和最小的舍友相差十五六岁,差不多隔了一代人了。"我们班上最大相差是"一轮",那位说梦话者就是位老大哥,还有一位已经是三个孩子的父亲。全班同学中,我年龄倒数第二。毕业时,我和一位比我大十二岁的老大姐分到同一医院,科里同事颇感诧异。

"Lzj"回复:"'可教育好的子女'本身就是一个歧视性概念,意为这些人因其父母而负有原罪,是原本本质不好、根子不正、苗子不红的,因此需要特别的教育。

他们在现实生活中，不能享有与其他人同样的权利，招生、招工、入团、入党、提升等等，都受特别的限制。"当时我也属于"可教子女"，是以分数虽然下来，却迟迟没有收到录取通知。班主任见到我就说："再等等，再等等……"我有点不好意思，尽量躲着他。父亲好像曾经投书给谁，不知是否起了作用，反正我到底上了大学。《老八舍往事》不止一位作者提到本来报考别处，却被武大录取；我的情况也是这样，我报了外地某校药学系，收到的是北京医学院口腔系的入学通知书。待去大学报到，人家已经上了一周的课了。通知书上注明"走读生"，报到时给改成住读，得与同学同一待遇。

我大学读的是理科，多年来对文科心向往之。这回看《老八舍往事》，遗憾得以稍稍弥补：假如当初我上中文系，大概就是这般经历。当然偶尔亦觉得"不过如此"。譬如有一则日记云："上午在华师礼堂举行苏联当代文学讲座：《评柯切托夫》。主讲人是中央广播事业局的佟柯。讲座由华师中文系和武大外文系合办。"据"城根"回复，所讲计四个问题：苏联文坛上所谓"自由派"和"保守派"的斗争；从柯切托夫的主要作品，特别是斯大林逝世后的作品，如一九五八年《青春常在》、一九五九年《叶尔绍夫兄弟》、一九六一年《州委书记》、一九六九年《你到底要什么?》，看苏联社会是如何演变的；简谈柯切托夫和中国的关系；我们怎样评价柯切托夫的创作和作品。授者"认为柯切托夫是能坚持社会主义创作方法的有才华的革命作家，坚贞不渝的反修战士，在困难的条件下，为我们写下了许多反映苏联社会现实的作品"，同时"也谈到柯切托夫作品的历史局限性及艺术方面的不足"。这样的课，大概不听也罢。反观自己，好歹认真学过一门科学，不算白费工夫。

书中还有一则日记："上午考《文学概论》，两道论述题，每题五十分……次日，张老师通知班干部，说有人的答卷和讲义一字不差，有抄袭的可能，要违者自己去承认。"我看了也觉有趣，因为我们学医，几年里都是一大本接一大本地背教科书，岂止"一字不差"，我有一位同学，现在应该是"学科带头人"了，当初我们俩比着默写一整章《解剖学》，连标点符号都不带错的。

二〇一〇年三月八日

话说"书之书"

前不久"深圳读书月"评选今年"十大阅读热点",有一项是"关于书的书大量出现并引发阅读热潮":"二〇〇九年出现了很多关于书的书,这类书也被称为'书之书',属于'阅读生命力'特别强的读物,拥有稳定的读者群。在电子阅读的冲击下,'书之书'更彰显出一些读者对传统图书的美感追求与阅读坚持。"我自己向来也是留意这类书的,觉得"引发阅读热潮"稍嫌夸张,"大量出现"却是不假。二十年来"书之书"出版不辍,及至今年稍成规模,而且比较引人注目。证明之一就是中华书局出的一套小精装,面世不到一个月就加印了。

"深圳读书月"还举办了一个"'书之书'专题论

坛",主讲嘉宾提出,"书之书"主要指的是散篇谈书或由书而生发开来的随笔集,并非关于某本书的专论。鄙意此说似不足以赅括"书之书"的全部。这大概分成两类,其一关乎读书,其一涉及与书相关的种种,包括写书、出书、卖书、买书等。文体亦不限于随笔,如去年有一本反响不错的翻译小说《纸房子》,即在此列。上海人民出版社前不久出版的英国温切斯特有关《牛津英语辞典》的两本书,《教授与疯子》是小说写法,《OED的故事》则是一部历史。

今年出版的"书之书",属于"丛书"的有上海书店出版社陆灏著《看图识字》等四种、山东画报出版社王稼句著《看书琐记二集》等三种、南京师范大学出版社子聪著《开卷闲话五编》等六种、岳麓书社谢其章著《搜书后记》等三种、中华书局陈子善著《看张及其他》等七种。末了这套还将推出谷林先生著《上水船甲集》和《上水船乙集》,作者乃此中圣手,可惜已归道山。此外单本的也不少,如深圳报业集团出版社胡洪侠、张清编《1978—2008私人阅读史》,上海人民出版社李长声著《日下书》,法律出版社梁文道著《读者》,三联书店朱正琳著《读点》,中国人民大学出版社启航著《读家秘籍:一个贩读分子的阅读笔记》。翻译作品,则有译林出版社英国凯里著《阅读的至乐:20世纪最令人快乐的书》、上海人民出版社美国安妮·法迪曼著《书趣:一个普通读者的自白》《闲话大小事》、商务印书馆德国魏特哈斯著《集书人》等。

说老实话,我对"书之书"出了不少并受到欢迎,心中不免"一则以喜,一则以忧"。"喜"即如"深圳读书月"评语所云;"忧"呢,须得承认此类文章、书籍写作门槛较低,难免鱼龙混杂,高下悬殊。假如"书之书"确已成为阅读热点,我担心与当今愈发普遍化的"浅阅读""泛阅读"沾上关系。"书之书"应该是"深阅读"的结果,当然要是能"深入浅出"就更好了;倘只是"浅阅读"的一种媒介,作者浮皮潦草地写,读者浅尝辄止地读,就像一位朋友所说,"现在人们读书,往往不是为了武装思想,而是为了武装嘴巴",则大可不必叫好。

记得在一本书的首发式上,有听众抗议:专家明言自己没有看完,怎么能向我们推荐。这批评完全可以移来讲"书之书"。新近见到报上有人指责"一帮文人又开始言不由衷地向公众推荐也许自己都没看过的所谓好书",旨哉斯言。然而观其自家"盘点"所列书单,却不禁让人疑其若非出以私心,所读实在不多;再细看推举理由,甚或连这些也未一一过目。写书评、书介,至少得把所谈之书通读一遍,这要求看似不高,其实不低。以此衡量"书之书"未必尽皆合格;若看那些并未成书的报刊、网络论坛和博客上的文章,就更难让人满意了。

"书之书"好写,却装不得假,对没看过的书胡说一气,瞒不过看过那书的人。"书之书"中有所谓"书话"一体,最容易打马虎眼。张岱写《岱志》,有云:"木华作《海赋》曰:'胡不于海之上下四旁言之。'余不能言岱,亦言岱之上下四旁已耳,一字不及岱,而岱之事亦缘是而尽。"现在有些作者常用这个法子来谈书。说穿了是不曾阅读,又要谈论的缘故。一篇文章,好歹要说点儿实实在在,别人没有说过的话。至于讲写书、出书、卖书、买书等,也要有点新材料、新见解,不能都是人人尽知的现成话。如今网络发达,各种信息唾手可得,有种不妨叫做"百度体"的东西随之而生,东拼西凑,聚拢成篇,可以算是"书之书"的末流了。

"书之书"最见作者眼光，我们看"书之书"，也得有点眼光才行。如果要我从今年的"书之书"中挑出一篇，心悦诚服地予以推荐，我想举陆灏《看图识字》中的《风中人物·张嘉仪》。我曾说此类之作要有大品的分量，小品的态度，要有真货色，真发现，而且"辞达而已矣"，在这篇文章里一概都能落实。我把这意见告诉京中几位好读书的朋友，他们也都赞同。

二〇〇九年十二月十六日

也谈毛边书

谈到毛边书,论者每每标举鲁迅,他也确是中国"毛边党"的祖师。然而,大家多爱引用的"装钉均从新式,三面任其本然,不施切削",却只是鲁迅所作《〈域外小说集〉略例》第二则头一句的前半,接下来还有话说:"……故虽翻阅数次绝无污染。前后篇首尾,各不相衔,他日能视其邦国古今之别,类聚成书;且纸之四周,皆极广博,故订定时亦不病隘陋。"

先来看看"类聚成书""订定"是怎么回事。《略例》第一则:"集中所录,以近世小品为多,后当渐及十九世纪以前名作。又以近世文潮,北欧最盛,故采译自有偏至。惟累卷既多,则以次及南欧暨泰东诸邦,使符域外一言之实。"也就是说，周氏兄弟译《域外小说集》，待到"累卷既多"，读者不妨"视其邦国古今之别"，拆散重编。是以《域外小说集》印成毛边，目的有二，一是"虽翻阅数次绝无污染"；一是即便重施装订，边缘亦"不病隘陋"。唯《域外小说集》只出两册，即告中止，"类聚成书"自无从实现。

多年后，《语丝》上有关于毛边书的讨论，周作人为方傅宗《毛边装订的理由》所加按语，正与鲁迅的意思相合："第一，毛边可以使书不大容易脏，——脏总是要脏的，不过比光边的不大容易看得出。第二，毛边可以使书的'天地头'稍宽阔，好看一点。不但线装书要天地头宽，就是洋装书也总是四周空广一点的好看；这最好自然是用大纸印刷，不过未免太费，所以只好利用毛边使他宽阔一点罢了。"（一九二七年四月三十日《语丝》第一百二十九期）

荆有麟《鲁迅回忆断片》有云："中国印毛边书，是先生所主张，而且开创的。因为先生看到，中国新装订的书，因看书人手不清洁，而看书，又非常之迟缓，一本还没有看完，其中间手揭的地方，总是闹得乌黑，因为那地方，沾的油汗太多了,等到看完了要收藏起来了,一遇天潮,书便生霉,再长久,就生虫。所以先生主张将书装订成毛边,待看完以后,将沾油汗的毛边截去,书便很整齐摆在桌子上了,既新鲜,又不生霉。但看毛边书,却非常之麻烦,第一先用刀子割,不割是不能看。第二看完又得切边,不切边放不整齐。"鲁迅所作《伤逝》就提到,主人公译书谋生,"决计努力地做,一本半新的字典,不到半月,边上便有了一大片乌黑的指痕"。一九二七年七月二十三日《语丝》第一四一期载黄汝翼《又关于毛边装订》,也证实了荆氏的说法:"毛边虽然不大容易脏,可是于美观上也不很好,并且每本读了以后,还要费去二三分钱的裁工,假如有好整齐地毛病像我。"

这里言及"美观",直是"此亦一是非,彼亦一是非",因为周氏兄弟恰恰以此为美。周作人说:"因为要使自己的书好看些,用小刀裁一下,在爱书的人似乎也还不是一件十分讨厌的事。"鲁迅所说更绝对:"我喜欢毛边书,宁可裁,光边的书像没有头发的人——和尚或尼姑。"(一九三五年七月十六日致萧军)不过现在的人说中意毛边书,多只强调"好看"和"边看边裁",忽略了

"毛边可以使书不大容易脏",而且几乎忘记了毛边书最终可能需要再行裁切。有人更以为毛边书专为收藏,则未免本末倒置。

谷林写过一篇《毛边书漫话》,倒是注意到了这个问题:"所谓'毛边',用现代流行语来状摹,也算是一种'包装',但采用的是减法而非加法,即在印妥下机装订后即行出厂,省却一道切边的工序。这里要注意一点,即在拼版、折页之际不可忘掉'地齐天毛'的老话。盖真正的毛边只在天头和书口,至于地脚虽亦不施刀切光,却是整齐平直的。因为所印已非线装古籍,上架一概竖立而不是平置,如果保留毛边,则不耐磨擦,很快就会卷边折角,自然也极易沾污,势必有一天会让藏书者不得不送它到印刷所去补切一刀以资'革新'了。"

现在所见毛边书,往往恰是"天齐地毛"样子;而"省却一道切边的工序",其实就是半成品,谈不上什么美观,盖"瘌痢头"尚不及"没有头发"也。是以我对这种玩意儿一向不大当回事儿,朋友送书给我,我宁肯要光边的。偶有例外,譬如前不久面世的扬之水著《奢华之色》,毛边三面均隐于精装书壳之内,堪称精致;又

《美国散文精选》和《培根随笔》,书页上下切光,留书口不裁,亦算漂亮。这样的毛边书,才配得上周氏兄弟的说法。

二〇一〇年五月二十八日

阅读的乐趣

阅读的乐趣，可以因"字"而生，也可以因"书"而生。前一种不是讲"读帖"，而指对由字而词而句而章节而篇或书传达的内容所产生的感悟。从高尔基的"书籍是人类进步的阶梯"，到宋朝皇帝赵恒的"书中自有千钟粟""书中自有黄金屋""书中车马多如簇""书中自有颜如玉"，说的都是这种乐趣。

后一种乐趣包含前一种乐趣在内，此外更涉及一本书的具体样子，诸如字体、字号、用纸、版式、插图、开本、扉页、环衬、封面、装订形式等，乃至版本之类。读张岱《夜航船》，"书籍"项下举凡"二酉藏书""兰台秘典""石室缃书""南面百城""三十乘""曹氏书仓""五车书""八万卷""三万轴""黄卷""杀青""铅椠""湘帖""芸编""书楼孙氏""汗牛充栋""嘉则殿"等，都与这种乐趣相关。

《论语·述而》："子曰：'加我数年，五十以学《易》，可以无大过矣。'"《史记·孔子世家》则云，孔子"读《易》，韦编三绝"，就从书的内容牵扯到了书的形式。《孟子·尽心下》："尽信《书》，则不如无《书》。吾于《武成》，取二三策而已矣。"也是内容不离形式。

爱读书的人往往也就重视与书相关的一切。不过对于"书"的兴趣却可以舍去"读"而单独存在。有不少藏书家都只存不看，此亦不足为奇。

从"仓颉造字"开始，无论借助什么媒介，甲骨、钟鼎、瓦当、刻石、竹简、缣素，直到纸，阅读一概是"眼"与"字"之间发生关系。文明进步至于今，在这一点上我们仍与先民一样，顶多加了副眼镜而已。我看电影《黑客帝国》，那里的人接受信息，是拿根管子连在后脖梗儿的接口上，或许是企图有所革命；但我是学过解剖学的，知道这法子未必灵光。由此也可看出现代人在这方面何其无奈了。

这就要讲到网络阅读以及继之而起的电子书了。我很少在网上阅读，电子书阅读器也只在地铁车厢里见到别人拿着。听说最近为了电子阅读，又发明了iPad。阅读媒介的演变史，总的来说是由难而易，由贵而廉，这正符合人性的要求；电子书显然是历史的最新一页。电子书阅读器、iPad价格虽然不菲，但比起添书柜、置书房要便宜多了。而阅读电子书，其实还是"眼—字"关系。有人说电子书阅读与纸质书阅读，自有浅深之别。我想这大概是基于个人的习惯发言。前人读书，有"皓首穷经"与"一目十行"之别，可知深浅在于自己怎么读。或者纸质书与电子书两种媒介并存，才有作者、读者、写法、读法的种种差别。有朝一日纸质书彻底消亡，电子书一统天下，也就浅者自浅，深者自深了。

如今关于电子书是否将取代纸质书，有许多说法。恕我孤陋寡闻，不记得历史记载中，当纸质书取代简策帛书时，人们有过类似议论。假如真的没有，也不足以说明这两次变化存在多大不同。可能因为过去变化缓慢，也许几辈子才能完成，是以自然而然；如今则太过迅速，一蹴而就，人们不及适应。

回到"阅读的乐趣"的话题。电子书取代纸质书后,"因字而生"的乐趣依然存在,单单"因书而生"的乐趣却将丧失殆尽。虽然电子书也有字体、字号、版式、插图等,还是可以一"玩"的。但至少《夜航船》里讲的那些事儿,不再有了。

至于我自己,大概不会放弃纸质书阅读。我承认纸质书将为电子书所取代,只希望这一变化终我一生而未及完成。

二〇一〇年七月三十一日

后记

二〇〇七年八月后所作，计有《云集》里的两篇，薄薄一册《茶店说书》，《沽酌集》修订本里的八篇，再就是这更薄的一册《比竹小品》，一总不过二十万字。这些都是"作文"，原属写不写两可，虽然我写每一篇尽量做到言之有物；唯《云集》序跋和《茶店说书》后记虽寥寥数语，却约略可见我这一时期的心境。然而现在连这个也不想谈了。偶读《论语》，孔子云："仁远乎哉，我欲仁，斯仁至矣。"有子云："因不失其亲，亦可宗也。"我想这其实有着一个如《老子》讲的"天地不仁""天道无亲"的背景——所谓"不仁""无亲"，亦即无所偏私，一视同仁。他们无非分别站在"天"和"我"的立场说话罢了。

二〇一〇年九月十九日